Marie-Sabine Roger

Das Labyrinth der Wörter

ROMAN

Aus dem Französischen von
Claudia Kalscheuer

| Hoffmann und Campe |

Die Originalausgabe erschien unter dem Titel
La tête en friche 2008 bei Éditions du Rouergue.

4. Auflage 2010

www.hoca.de
Satz: Dörlemann Satz, Lemförde
Gesetzt aus der Granjon
Druck und Bindung: Friedrich Pustet, Regensburg
Printed in Germany
ISBN 978-3-455-40254-4

HOFFMANN
UND CAMPE

Ein Unternehmen der
GANSKE VERLAGSGRUPPE

— Das Labyrinth der Wörter —

Ich habe beschlossen, Margueritte zu adoptieren. Sie feiert bald ihren sechsundachtzigsten Geburtstag, da sollte man nicht zu lange warten. Alte Leute sterben gern.

Und wenn ihr dann was passiert – was weiß ich, dass sie auf der Straße hinfällt oder dass man ihr die Handtasche klaut –, werde ich da sein. Ich werde sofort losrennen, die Leute zur Seite schieben und sagen: »Okay! Schon gut, ihr könnt euch verziehen! Ich kümmere mich darum: Das ist meine Großmutter.«

Dass sie nur adoptiert ist, steht ihr ja nicht auf der Stirn geschrieben.

Ich kann ihr dann die Zeitung und ihre Pfefferminzbonbons besorgen. Mich im Park neben sie setzen, sonntags zu ihr ins Altenheim *Les Peupliers* gehen. Und mittags zum Essen bleiben, wenn ich will.

Klar, gekonnt hätte ich das vorher auch, aber ich hätte mich eben wie zu Besuch gefühlt. Jetzt werde ich das alles tun, weil ich Lust dazu habe, aber auch aus Verpflichtung. Das kommt nämlich dazu: die familiäre Verpflichtung. Eine Sache, die mir gut gefallen wird, das fühle ich.

Dass ich Margueritte getroffen habe, hat mein Leben verändert. Jemanden zu haben, an den ich gern denke, wenn ich allein bin – jemand anders als mich selbst, meine ich –, das ist verdammt komisch. Daran bin ich nicht gewöhnt. Vor ihr habe ich nie eine Familie gehabt.

Ich meine, klar. Ich habe eine Mutter, geht ja nicht anders. Aber abgesehen davon, dass ich neun Monate lang in ihr drin war, haben wir nie viel geteilt, nur schlechte Zeiten. An Schönes kann ich mich nicht erinnern. Ich habe auch einen Vater, gezwungenermaßen. Aber ich habe nicht lange was von ihm gehabt, er hat meine Mutter gevögelt, und das war's. Was mich allerdings nicht daran gehindert hat, groß und stark zu werden, ganz im Gegenteil: hundertzehn Kilo Muskeln und keine Spur von Fett, ein Meter neunundachtzig in die Höhe, der Rest in die Breite. Wenn meine Eltern mich gewollt hätten, wäre ich sicher ihr ganzer Stolz gewesen. Pech gehabt.

Was für mich auch neu ist: Vor Margueritte habe ich noch nie jemanden geliebt. Ich rede nicht von sexuellen Dingen, ich rede von Gefühlen, ohne dass man gleich im Bett landet. Zärtlichkeit und Zuneigung, Vertrauen. So was alles. Wörter, die mir noch nicht so leicht über die Lippen gehen, schließlich hat man sie mir gegenüber nie so direkt benutzt, bevor Margueritte damit angefangen hat.

Sehr anständige und reine Gefühle.

Das muss an dieser Stelle gesagt sein, ich kenne hier nämlich welche, die bekloppt genug wären, um Bemerkungen zu machen wie: »Na, Germain, du stehst wohl auf Omas? Machst dich an Seniorinnen ran?«

Denen würde ich am liebsten eine reinhauen.

Schade, dass ich Margueritte noch nicht kannte, als ich sie wirklich gebraucht hätte, nämlich als ich klein war und meine Zeit damit verbrachte, allen Blödsinn auszuprobieren, den es so gibt.

Aber das Leben ist nicht zum Bedauern da: Was vorbei ist, ist vorbei.

Ich habe mich ganz allein erschaffen, na und? Auch wenn nicht alles nach Vorschrift gebaut ist, es hält.

Margueritte dagegen sackt allmählich in sich zusammen. Sie hält sich schon ganz schief, gebeugt bis über die Knie. Ich werde mich gut um sie kümmern müssen, wenn ich noch eine Weile was von ihr haben will. Sie spuckt zwar große Töne, aber sie ist zerbrechlich. Sie hat Knochen wie ein Vögelchen, ich könnte sie mühelos zwischen zwei Fingern zerdrücken. Aber das ist nur so dahergesagt. Ich würde das natürlich nie tun. Seiner Großmutter die Knochen brechen, dazu müsste man ja völlig behämmert sein! Ich will damit nur sagen, wie zart sie ist. Sie erinnert mich an diese kleinen Glastierchen, die sie bei Granjean im Schreibwarenladen verkaufen. An das Reh vor allem, im Schaufenster. Es ist winzig, und die Beine, so was von fein! Nicht dicker als eine Wimper. So ist Margueritte. Wenn ich an diesem Reh vorbeikomme, würde ich es am liebsten kaufen. Drei Euro, was ist das schon? Aber ich weiß genau, in meiner Tasche würde es sofort kaputtgehen. Und wo sollte ich es denn hinstellen? In meiner Bude gibt es keine Regale für solches Zeug. Ein Wohnwagen ist klein.

Auch für Margueritte hatte ich zuerst keinen Platz. In mir drin, meine ich. Als ich angefangen habe, sie liebzugewinnen, habe ich gleich gemerkt, dass ich Platz schaffen musste, nur für sie und meine Gefühle. Sie zu lieben, das kam nämlich zum ganzen Rest dazu – zu allem anderen, was ich schon im Schädel hatte –, und darauf war ich nicht vorbereitet. Also habe ich mich ans Aufräumen gemacht. Dabei ist mir klargeworden, dass ich nicht viel Wichtiges zu behalten hatte. Ich schleppte einen ganzen Haufen Gerümpel mit mir rum. Die Spielshows im Fernsehen, die Witze im Radio, das Gequatsche mit Jojo Zekouc in der Kneipe Chez Francine. Das Kartenspielen mit Marco, Julien und

Landremont. Und dann die Abende, wo ich zu Annette ging, um mit ein paar Liebesworten zu vögeln. Aber das ist sogar gut, um den Kopf freizukriegen: Mit Druck auf den Eiern kann man nicht denken. Jedenfalls nicht richtig und mit Tiefgang.

Von Annette erzähle ich ein anderes Mal. Zwischen ihr und mir ist es auch nicht mehr so wie früher.

Als ich Margueritte zum ersten Mal gesehen habe, saß sie auf der Bank da drüben. Unter der dicken Linde neben dem Wasserbecken. Es muss so gegen drei Uhr nachmittags gewesen sein, strahlender Sonnenschein, zu warm für die Jahreszeit. Das ist nicht gut für die Bäume: Sie treiben auf Teufel komm raus, und wenn es dann noch mal friert, gehen die Blüten ein, und es gibt kaum Früchte.

Sie war angezogen wie immer. Das konnte ich damals natürlich nicht wissen, dass sie sich immer so anzog. Die Gewohnheiten der Leute kennt man ja erst, wenn man die Leute kennt. Beim ersten Mal hat man noch keine Ahnung, wie es weitergeht. Man weiß nicht, ob man sich lieben, ob man sich später einmal an den ersten Tag erinnern wird. Ob man sich am Ende beschimpfen oder sogar prügeln wird. Oder ob man Freunde wird. Und die vielen anderen *Oders* und *Wenns*. Und die *Vielleichts*.

Die *Vielleichts*, das sind die Schlimmsten.

Margueritte saß einfach da und schaute Löcher in die Luft. Direkt vor der Rasenfläche am Ende der Hauptallee. Sie trug ein Kleid, das mit grauen und lila Blumen in der gleichen Farbe wie ihr Haar bedruckt war, eine bis oben zugeknöpfte graue Strickjacke, dazu dunkle Strümpfe und Schuhe. Neben ihr stand eine schwarze Tasche.

Ich habe mir gesagt, dass sie unvorsichtig war. So eine abgestellte Tasche, die klaue ich doch mit links. Wenn ich *ich* sage, meine ich natürlich nicht mich. *Ich* steht hier für *die Leute*. Das Gesindel, genauer gesagt. Zumal so eine kleine Alte leicht abzuhängen ist. Du musst sie bloß mal kräftig mit der flachen Hand schubsen, und das war's dann schon: Sie fällt mit einem kleinen Schrei hin, holt sich einen Oberschenkelhalsbruch und bleibt halbtot liegen, und du – nicht Sie oder ich natürlich, das Gesindel –, du kannst in aller Ruhe abhauen, bist schon längst über alle Berge. Fragen Sie mich nicht, wo ich das alles hernehme. Egal, sie war jedenfalls unvorsichtig.

An diesem Montag, wo ich sie kennengelernt habe, hätte ich genauso gut auch nicht in den Park kommen können. Ich hätte beschäftigt sein, keine freie Minute haben können. Was glauben Sie denn? Es gibt Tage, an denen ich Sachen zu tun habe: den Stamm der jungen Pinien, die sie am Rand der Umgehungsstraße gepflanzt haben, mit meinen Händen abmessen, um das Baumsterben zu überwachen (die Hälfte von denen geht ein, da bin ich mir sicher, deshalb kontrolliere ich das. Kein Wunder übrigens, dass sie eingehen, wenn man sich anschaut, wie die Grünflächenleute von der Gemeinde rumstümpern!). Trainieren, so lange wie möglich zu rennen oder vor meinem Wohnwagen mit der Schrotflinte auf leere Dosen zu schießen. Wegen der Ausdauer und den Reflexen, falls ich eines Tages mal einem Attentat entkommen oder Leute retten muss – besser, man ist da vorbereitet. Und einen Haufen anderer Sachen. Verschiedenste andere Sachen. Zum Beispiel schnitze ich mit meinem Taschenmesser. Ich mache Tiere, kleine Figuren aus Holz. Leute, die ich auf der Straße sehe, Katzen, Hunde, egal was.

Oder ich gehe in den Park und zähle die Tauben.

Im Vorbeigehen nutze ich die Gelegenheit, um am Gefallenendenkmal meinen Namen in Großbuchstaben auf die

Marmorplatte unter dem Soldaten zu schreiben. Natürlich kommt jedes Mal jemand von der Gemeinde, der ihn wieder wegmacht und mich zusammenscheißt: »Germain, jetzt hör doch mal auf mit dem Blödsinn, ich hab die Schnauze voll! Nächstes Mal machst du das selbst sauber!«

Dabei sind das Eddings »mit unauslöschlicher Tinte« – *die sich nicht auslöschen lässt / siehe: wisch- und wasserfest* –, und die waren sauteuer. Das werde ich denen sagen, im Schreibwarenladen, dass das Verarschung ist. »Alle Oberflächen« steht drauf, das ist doch Betrug. Marmor ist eine Oberfläche, soweit ich weiß – wie Margueritte sagen würde, die immer so gepflegt redet.

Wie auch immer, sobald mein Name ausgelöscht ist, muss ich eben wieder von vorn anfangen. Ist nicht schlimm, ich bin geduldig. Irgendwann bleibt er vielleicht stehen.

Ich weiß auch wirklich nicht, wen das stören sollte, dass ich meinen Namen noch dazusetze: Ich schreibe ihn ganz unten hin. Nicht einmal in der alphabetischen Reihenfolge, dabei könnte ich da pingelig sein, Chazes kommt nämlich nicht am Ende, ganz und gar nicht. Ich könnte mich an die fünfte Stelle setzen auf ihrer Liste!

Zwischen Pierre Boisverte und Ernest Combereau.

Das habe ich eines Tages zu Jacques Devallée gesagt, der im Rathaus ein hohes Tier ist. Er hat genickt und gemeint, ich hätte im Grunde nicht unrecht, Namenslisten wären tatsächlich dazu da, dass man Namen draufschreibt.

»Gleichwohl«, hat er hinzugefügt, »gleichwohl gibt es da ein Detail zu berücksichtigen …«

»Ach ja, und das wäre?«

»Nun, wenn du etwas genauer hinsiehst, wirst du bemerken, dass all die, deren Namen auf dem Gefallenendenkmal eingraviert sind, eines gemeinsam haben: Sie sind tot.«

»Aha, so ist das! Das heißt, um draufstehen zu dürfen, muss man ins Gras gebissen haben?«

»In der Tat, das ist gewissermaßen gemeint …«

Und obwohl er so überlegen dreingeschaut hat, habe ich ihm gesagt, wenn ich erst mal tot wäre, dann müssten sie mich wohl oder übel auch eingravieren, auf ihrer verdammten Liste.

»Und warum?«

»Weil ich ein Papier für den Notar schreiben werde. Ich werde ihm sagen, er soll das in mein Testament aufnehmen. Der letzte Wille eines Verstorbenen, da muss man sich dran halten.«

»Nicht unbedingt, Germain. Nicht unbedingt …«

Trotzdem, ich weiß, was ich sage. Ich habe auf dem Heimweg darüber nachgedacht: Nach meinem Tod (wann immer es dem Herrn beliebt, Seine Stunde wird die meine sein) will ich, dass man meinen Namen draufschreibt. An die fünfte Stelle. Die fünfte von oben, denn da gehört er hin, da soll mich keiner übers Ohr hauen! Sollen sie sehen, wie sie das hinkriegen, die Lackaffen von der Gemeinde. Ein Testament ist ein Testament, basta! Jawohl, habe ich mir gesagt, ich werde dieses Papier schreiben. Und ich werde verlangen, dass Devallée mich persönlich eingraviert, nur um ihn zu ärgern. Ich werde zu Monsieur Olivier gehen, um die Sache mit ihm zu besprechen. Der ist Notar, der wird schon wissen, was zu tun ist, oder?

Aber an diesem Montag, wo ich Margueritte kennengelernt habe, da dachte ich nicht an das Gefallenendenkmal, da hatte ich andere Sachen im Kopf. Ich hatte beschlossen, Blumensamen zu kaufen und auf dem Rückweg dann im Park vorbeizugehen, um die Tauben zu zählen. Das ist viel schwieriger, als es aussieht: Auch wenn man sich ganz vorsichtig nähert und sich kein bisschen rührt, während man sie zählt, flattern sie ständig rum, alle durcheinander. Dagegen kann man nichts machen. Ein bisschen nerven sie, diese Tauben.

Wenn das so weitergeht, werde ich nur noch die Schwäne zählen. Erstens bewegen die sich weniger, und außerdem ist es einfacher: Es sind nur drei.

Margueritte saß also auf dieser Bank unter der Linde, vor der Rasenfläche. Als ich die kleine Alte gesehen habe, die so aussah, als wäre sie eine von denen, die den Tauben Brot zuwerfen, um sie anzulocken, ist mir fast die Lust vergangen. Wieder ein Tag im Eimer, habe ich gedacht. Meine Vogelzählung kann ich auf morgen verschieben. Oder auf jeden anderen Tag, der dem Herrn in Seiner Gnade recht sein wird.

Um die Tauben zu zählen, braucht man Ruhe. Wenn da jemand kommt und sie stört, kann man es gleich vergessen. Sie reagieren sehr empfindlich auf Blicke, diese Vögel. Es ist unglaublich, wie sie darauf anspringen! Eingebildet sogar, könnte man sagen. Kaum interessiert sich jemand für sie, fangen sie an rumzuhüpfen, rumzuflattern, den Kropf aufzublasen …

Aber dann war es gar nicht so. So kann man sich täuschen. Über die Leute, den Herrn im Himmel, alte Frauen und die Tauben.

Sie haben ihr nicht ihr Theater vorgespielt. Sie sind alle schön zusammengeblieben, ganz brav. Sie hat ihnen keine Zwiebackkrümel hingeworfen und nicht mit zittriger Stimme *putt-putt-putt* gerufen.

Sie hat mich nicht aus dem Augenwinkel gemustert, wie es die Leute sonst immer tun, wenn ich zähle.

Sie ist ganz still sitzen geblieben. Erst in dem Moment, wo ich gerade wieder gehen wollte, hat sie gesagt: »Neunzehn.«

Da ich nur ein paar Meter entfernt war, habe ich sie genau gehört. »Reden Sie mit mir?«

»Ich sagte, es sind neunzehn. Die Kleine da, mit der schwarzen Feder an der Flügelspitze, sehen Sie die? Das ist eine Neue, stellen Sie sich vor. Sie ist erst seit Samstag da.«

Das fand ich ziemlich stark: Ich war auf die gleiche Zahl gekommen wie sie.

»Sie zählen die Tauben also auch?«

Sie hat die Hand an ihr Ohr gehalten und gefragt: »Wie meinen?«

Ich habe gebrüllt: »Sie-zäh-len-die-Tau-ben-al-so-auch?«

»Natürlich zähle ich sie, junger Mann. Aber Sie brauchen nicht so zu schreien, wissen Sie? Es genügt, wenn Sie langsam mit mir reden und deutlich artikulieren … nun ja, aber doch laut genug, wenn es Ihnen nichts ausmacht!«

Ich musste lachen, weil sie mich »junger Mann« nannte. Obwohl es eigentlich gar nicht so daneben war, wenn ich es mir richtig überlege. Man kann mich jung oder alt finden, je nachdem. Es hängt alles davon ab, wer spricht. Logisch:

Alles ist relativ – *nur durch seine Beziehung auf etwas bestimmt.*

Für einen so alten Menschen war ich jung, das ist jedenfalls klar, von der Relativität mal abgesehen.

Als ich mich neben sie gesetzt habe, ist mir aufgefallen, dass sie wirklich eine ganz kleine Oma war. Man benutzt manchmal Ausdrücke wie »Winzling« oder »Zwerg«, ohne darüber nachzudenken. Aber in ihrem Fall war das nicht übertrieben: Ihre Füße reichten nicht mal bis auf den Boden. Während ich meine langen Knochen immer weit vor mir ausstrecken muss.

Ich habe sie höflich gefragt: »Kommen Sie oft hierher?«

Sie hat gelächelt. »Fast jeden Tag, den der liebe Gott werden lässt.«

»Sind Sie Nonne?«

Sie hat erstaunt den Kopf geschüttelt: »Ordensschwester, meinen Sie? Himmel, nein! Wie kommen Sie denn darauf?«

»Ich weiß nicht. Sie haben vom lieben Gott geredet, deshalb … Ist mir nur so eingefallen.«

Ich bin mir ein bisschen dumm vorgekommen. Aber Nonne ist ja kein Schimpfwort. Jedenfalls nicht für jemanden, der so alt ist, meine ich. Aber sie sah auch nicht beleidigt aus. Da habe ich gesagt: »Komisch, ich habe Sie hier noch nie gesehen.«

»Gewöhnlich komme ich etwas früher. Aber, wenn ich mir erlauben darf, ich habe Sie meinerseits schon ein paar Mal bemerkt.«

»Ach!« Ich wusste nicht, was ich sonst hätte sagen sollen.

»Sie haben die Tauben also gern?«

»Ja. Vor allem zähle ich sie gern.«

»Ja, ja … Das ist eine fesselnde Beschäftigung. Man muss unablässig wieder von vorn beginnen.«

Sie redete kompliziert, umständlich und irgendwie verschroben, so wie feine Leute. Aber die Alten sind ja sowieso viel höflicher und drücken sich viel geschliffener aus als die Jungen.

Ulkig: Während ich das sage, denke ich an Bachkiesel, die auch ganz *geschliffen* sind, und zwar genau deshalb, weil sie *alt* sind. Manchmal meinen die gleichen Wörter verschiedene Sachen, die aber doch irgendwie gleich sind, wenn man lange genug darüber nachdenkt.

Sie verstehen schon, was ich meine.

Um ihr zu zeigen, dass ich kein Volltrottel bin, habe ich gesagt: »Ich hatte sie auch bemerkt, die Kleine da mit ihrer schwarzen Feder. Deshalb habe ich sie auch Schwarze Feder genannt. Die anderen lassen sie beim Fressen nicht so ran, haben Sie gesehen?«

»Das stimmt. Sie geben Ihnen also Namen?«

Sie schien interessiert.

Ob Sie es glauben oder nicht, in dem Moment habe ich entdeckt, was es für ein Gefühl ist, wenn sich jemand für einen interessiert. Falls Sie es nicht wissen, kann ich Ihnen sagen: Es ist ganz schön komisch. Klar, manchmal, wenn ich etwas erzähle, sagen die anderen: »Nee, ist nicht wahr!? Kein Quatsch? Was für eine Geschichte, Donnerwetter!« Aber da erzähle ich keine wirklich persönlichen Sachen. Sondern zum Beispiel von einem Auto, das in der Nacht aus der großen Kurve am Hang geflogen ist, ein Toter und drei Verletzte (ich wohne gegenüber, fast immer bin ich es, der die Feuerwehr ruft, einmal musste ich ihnen sogar helfen, einen Mann in all seinen Einzelteilen in einen Sack zu stecken, und das ist ein ziemlicher Scheißjob, glauben Sie mir). Oder ich erzähle meinen Kumpels, dass die Männer von der Fabrik gedroht haben, die Autobahnausfahrt zu blockieren – das weiß ich, weil Annette da im Lager arbeitet –, na ja, solche Sachen eben. Die Ereignisse des Tages. Aber dass sich jemand für das interessiert, was *ich* so mache? Mannomann! Das hat mir echt die Kehle zugeschnürt. Ich hätte fast losgeheult wie ein kleines Kind, und wenn es irgendetwas gibt, das mir unangenehm ist, dann das. Zum Glück passiert es mir selten, außer an dem Tag, wo ich mir den Fuß zerquetscht habe, als Landremont und ich den Umzug für seine Schwester gemacht haben und er ihre Kommode einfach losgelassen hat, weil seine Hände angeblich feucht waren. Da hätte jeder geheult: Das tut sauweh. Auch wenn es hier nur eine Anekdote ist. Aber ich rede von echten Tränen. So wie damals, als ich Landesmeister im Orientierungslauf geworden bin, knapp vor Cyril Gontier, einem absoluten Blödmann, der mir die ganze Grundschulzeit zur Hölle gemacht hat, was ich echt nicht hätte haben müssen. Oder wie in der Nacht, wo ich mich in Annette verliebt habe, was sehr erstaunlich war, weil wir schon seit über drei Monaten miteinander ins Bett gingen. Aber an dem Abend war es so schön, mit ihr zusammen zu kommen, dass ich weinen musste.

Das alles nur, um Ihnen zu erklären, dass mir Weinen verdammt peinlich ist – ich weiß nicht, wie es Ihnen da geht. Ich bin näher am Wasser gebaut als ein zweijähriger Knirps, mir laufen die Augen über wie ein Springbrunnen, ich heule wie ein Schlosshund. Man könnte meinen, bei mir ist alles so übergroß wie meine Statur. Das ist zwar ein Glück für die Frauenwelt, aber es gilt genauso für den Kummer, und das ist Pech für mich.

Die kleine Alte hat mich also ganz ohne Absicht fast zu Tränen gerührt. Ich weiß nicht, warum, vielleicht war es ihre freundliche Art zu fragen: »Sie geben Ihnen also Namen?« Oder weil sie selbst ganz gerührt wirkte. Vielleicht aber auch, weil wir am Abend vorher den vierzigsten Geburtstag von Jojo Zekouc ein bisschen zu ausgiebig begossen hatten und ich nicht mal vier Stunden geschlafen hatte. Aber mit den *Vielleichts*, das sagte ich Ihnen ja schon, ist das so eine Sache.

Jedenfalls habe ich ihr geantwortet: »Ja, ich habe ihnen allen Namen gegeben. Dann kann man sie besser zählen.«

Sie hat die Augenbrauen hochgezogen. »Na so etwas! Verzeihen Sie, wenn ich indiskret bin, aber ich muss zugeben, dass Sie mich neugierig machen: Wie schaffen Sie es, sie auseinanderzuhalten?«

»Ach … Das ist wie mit Kindern, verstehen Sie … Haben Sie Kinder?«

»Nein. Und Sie?«

»Auch nicht.«

Sie hat genickt und dabei gelächelt. »Dann ist das ein sehr stichhaltiges Beispiel.«

Mir war nicht ganz klar, was das heißen sollte, aber sie schien es genauer wissen zu wollen, also habe ich weitergeredet: »Na ja, sie sind alle verschieden … Wenn man nicht aufpasst, fällt es einem nicht auf, aber wenn man sie genau beobachtet, sieht man, dass es keine zwei Gleichen gibt. Jede hat ihren Charakter und sogar ihre bestimmte Art zu fliegen. Deshalb sage ich: Das ist wie bei den Kleinen. Wenn Sie Kinder hätten, würden Sie sie bestimmt auch nicht verwechseln …«

Sie hat ein bisschen gelacht. »Oh, wenn ich neunzehn hätte, bin ich mir nicht so sicher!«

Da musste ich auch lachen.

Mit Frauen lache ich nicht so oft. Jedenfalls ganz sicher nicht mit den alten.

Es war seltsam, ich hatte das Gefühl, dass wir Freunde waren. Ich meine, nicht wirklich, aber so was in der Art.

Inzwischen habe ich das Wort gefunden, das mir fehlte: *Vertraute*.

Wörter sind wie Schachteln, in die man seine Gedanken einsortiert, um sie den anderen besser präsentieren und verkaufen zu können. Zum Beispiel gibt es Tage, wo man am liebsten auf alles und jeden einschlagen würde und dann doch nur einen Flunsch zieht. Dadurch könnten die anderen aber glauben, dass man krank oder unglücklich ist. Wenn man stattdessen mit Worten sagt: »Geht mir bloß nicht auf den Sack, heute ist nicht mein Tag!«, dann vermeidet man solche Missverständnisse.

Oder – anderes Beispiel – ein Mädchen verdreht einem den Kopf, und man denkt den lieben langen Tag, den der Herr einem geschenkt hat, an nichts anderes, als wäre einem das Hirn in den Schwanz gerutscht. Wenn man ihr dann sagt: »Ich bin total in dich verliebt« und so weiter, dann kann einem das ein bisschen helfen, der Sache näherzukommen.

Wobei eigentlich nicht die Verpackung zählen sollte, sondern das, was man reinsteckt.

Es gibt wunderschöne Päckchen, wo nichts als Dreck drin ist, und andere, die ungeschickt verschnürt sind, aber wahre Schätze enthalten. Deshalb traue ich den Wörtern nicht, verstehen Sie?

Wenn ich es mir richtig überlege, war es sicher besser für mich, nicht zu viele davon zu kennen. Ich brauchte nicht zu wählen: Ich sagte nur, was ich sagen konnte. So konnte ich mich auch nicht so leicht vertun. Und vor allem musste ich weniger denken.

Trotzdem – und das habe ich seit Margueritte kapiert, glaube ich –, es kann schon nützlich sein, die richtigen Wörter parat zu haben, wenn man sich ausdrücken will.

Vertraute, das war das Wort, das ich an dem Tag suchte. Andererseits hätte das, wenn ich es gekannt hätte, auch nicht viel geändert. An meinen Gefühlen, meine ich.

An dem Montag also habe ich Margueritte alle Vornamen von meinen Vögeln gesagt. Zumindest von denen, die da waren, insgesamt sind es nämlich sechsundzwanzig, die auf die große Rasenfläche kommen. Ich rede hier nur von den Stammgästen, die Gelegenheitsbesucher nicht mitgezählt, die ab und zu eine Notlandung hinlegen, sich auf die Krümel stürzen wie die letzten Lümmel und von den anderen weggehackt werden. Ich habe angefangen: »Das da ist Pierrot. Die daneben heißt Dickkopf … Fliege, Räuber, Hühnchen … Die dort, das ist Verdun. Die kleine braune: Capucine … Da drüben: Cachou … Prinzessin … Margueritte …«

»Wie ich!«, hat sie gesagt.

»Was?«

»Ich heiße auch Margueritte.«

Ich fand das lustig, die Vorstellung, dass ich mit einer Margueritte redete, während eine andere, von Kopf bis Schwanz gefiedert, zu meinen Füßen an einem Apfelrest herumpickte.

Ich habe mir gesagt: Was für ein *Zufall*!

Das ist ein Ausdruck, den ich erst seit kurzem richtig verstehe: Jedes Mal, wenn Landremont bei Francine reinkommt und mich am Tresen sieht, wo ich mit Jojo Zekouc ein Gläschen trinke, haut er mir auf die Schulter und sagt: »Na so was! Germain in der Kneipe? Was für ein Zufall!«

Ich dachte immer, das wäre eine Art, mir zu sagen: »Hallo, schön, dich hier zu treffen!« Aber nein, es heißt nur, dass er in mir einen armen Säufer sieht, der am Tresen festhängt wie eine Miesmuschel an ihrem Fels. Jojo war es, der mir eines Morgens den echten Sinn erklärt hat. Er hat gemeint: »Tja, sieht so aus, als würde unser Freund Landremont uns wirklich für Schnapsnasen halten!«

Ich habe gefragt, warum. Er hat es mir gesagt.

Landremont ist kein Kumpel. Er kann eine Woche lang mit dir Karten spielen und dich wie einen Bruder behandeln, und dann, samstags beim Fest, haut er dir einfach so eine rein. Wenn er zu viel trinkt, ist er nicht mehr er selbst.

Wenn Marco von Landremont spricht, nennt er ihn oft die »Wetterfahne«. Jojo sagt, er wäre »von wechselnden Winden beherrscht«. Francine findet ihn »grillenhaft«. Früher dachte ich, das heißt dumm wie eine Grille, und das fand ich ziemlich passend. Aber die andere Erklärung passt auch gut: *schwankenden Launen unterworfen / siehe: flatterhaft, unstet, wankelmütig.*

Dabei ist es sicher er, von dem ich am meisten gelernt habe. Vor Margueritte. Landremont hat eine Menge gelesen. Bei ihm zu Hause ist alles voller Bücher. Nicht nur auf dem Klo, und nicht nur mit Zeitschriften.

Er könnte es locker mit Jacques Devallée aufnehmen. Und vielleicht sogar mit dem Bürgermeister, wer weiß?

Landremont ist ein nervöser Typ, klein und sehnig. Er hat eine Stirnglatze und haarige Arme. Eine dichte Behaarung, weder richtig weiß noch gelb.

Seine arme Frau ist an Eierstockkrebs draufgegangen, was für eine Scheißkrankheit … Seitdem versucht er seinen Kummer zu ertränken und macht sich die Leber kaputt, aber hinterrücks, auf die scheinheilige Tour. Mit uns trinkt er nur ein Bier, ein Gläschen Weißwein, einen Pastis, als ob nichts wäre. Er macht sogar Bemerkungen wie: »Na so was?! Was für ein Zufall!«

Trotzdem weiß jeder genau, was Sache ist, spätestens seit Marcos Panne.

Eines Abends war Marco bei seiner Schwester und seinem Schwager zum Essen eingeladen. Und als er gerade zu ihnen losfahren will, lässt ihn sein Mercedes im Stich. Marco ist zu Landremont rübergegangen und hat an die Tür geklopft, zehn Minuten lang, damit der ihm endlich aufmacht. Er hat nicht lockergelassen, weil er Licht sah und den Fernseher hörte. Und weil sie ja Nachbarn sind, wusste er genau, dass er zu Hause war. Wie auch immer, am Ende hat Landremont jedenfalls aufgemacht …

Und am nächsten Tag hat Marco uns alles erzählt.

»Mannomann, Jungs, gestern Abend hab ich gedacht, ich seh einen Zombie! Landremont hatte vielleicht einen in der

Krone …! Ich hab ihm gesagt, dass er mir unbedingt aus der Patsche helfen muss, ich bräuchte dringend mein Auto und es wollte nicht anspringen. Dass es vielleicht ein Kolbenfresser wäre oder eine Zylinderkopfdichtung oder sonst was, ich hab ja keine Ahnung. Und wisst ihr, was er gesagt hat?«

»Nee«, meinten wir.

Was auch stimmte, wir wussten es nicht.

»Er hat gesagt: ›Du nervst, geh doch zu einem Automechaniker!‹«

Da haben wir den Kopf geschüttelt, klar. Landremont ist nämlich der einzige Automechaniker weit und breit.

Marco meinte: »Ich hab noch nie jemand in so einem Zustand gesehen, noch nie! Dabei hab ich auch schon manchmal ziemlich getankt, ihr wisst, was ich meine?!«

Wir: »Wissen wir!«

»Aber wartet, ich bin noch nicht fertig! Er war so besoffen, dass er auf einmal gesagt hat: ›'tschuldigung, Marco, ich muss mal pinkeln.‹ Und ich: ›Okay, geh nur, kein Problem.‹ Aber er bleibt einfach da stehen, ohne sich zu rühren, und hält mir weiter die Tür auf. Und wisst ihr, was das Schärfste war?«

»Was?«

»Er hat sich in die Hose gepisst! Er stand da, steif wie ein Stock, mit einem Gesicht, als würde er nachdenken, und hat sich in die Hose gepisst, verdammt!«

»Ach!?«

Julien hat gefragt: »Und was hast du gemacht?«

»Was sollte ich denn machen? Ich hab ihm einen schönen Abend gewünscht und bin nach Hause. Dann hab ich meinen Schwager angerufen, damit er mich abholt.«

»Und deine Kiste?«

»Ach, irgendwas mit der Zündung, nichts weiter.«

Seit dem Tag wissen wir, dass Landremont schwierige Momente hat.

Während ich Margueritte die Vornamen der Vögel aufzählte, dachte ich nicht an das alles, sondern nur an den Begriff *Zufall*, der mich an Landremonts Bemerkungen erinnerte, wenn ich mit Jojo ein Gläschen trank. Was mich eben auf Jojo brachte und auf seinen Geburtstag am Abend vorher (na ja, bis fünf Uhr morgens). Und an meine durchgemachte Nacht, was zum einen sicher erklärt, dass ich so gefühlsduselig war, und zum anderen, dass ich Migräne hatte. Wenn ich nicht meine acht Stunden Schlaf kriege, bin ich den ganzen Tag schlecht drauf.

In dem Moment hat die kleine Alte zu mir gesagt: »Sie wirken nachdenklich.«

Und ich, als wären wir engste Freunde: »Ach was … Nur ein bisschen müde. Gestern Abend war ich auf dem vierzigsten Geburtstag von meinem Kumpel Jojo Zekouc.«

»Oh, Sie haben einen Freund, der Koch ist?«

Das hat mich umgehauen. »Sie kennen Jojo?«

»Nein, nein, ich habe nicht die Ehre. Warum?«

»Woher wissen Sie dann, dass er Koch ist, wenn Sie ihn nicht kennen?«

»Nun … wegen seines Namens, nehme ich an. *The cook*, das bedeutet doch auf Englisch ›der Koch‹, nicht wahr?«

»Ach so, na klar!«

Aber ich fand das unglaublich. Obwohl ich natürlich schon wusste, dass es solche Sachen gibt.

Als ich klein war, hieß der Metzger, der seinen Laden an der Place Jules Ferry hatte, Duporc, »Vom Schwein«. Und der Tischler gegenüber vom Rathaus, der hieß Laplanche, »Das Brett«. Aber ich wäre trotzdem nie darauf gekommen, dass auch Jojo einen Namen hat, der seinen Beruf bezeichnet. Und dazu noch auf Englisch.

Ich habe Margueritte auf Wiedersehen gesagt. Und da sie wirklich nett war, habe ich hinzugefügt: »Margueritte ist ein hübscher Name.«

»Für eine Taube jedenfalls«, hat sie lächelnd geantwortet.

Ich habe gelacht.

»Und Sie, wie heißen Sie, wenn ich fragen darf?«

»Germain Chazes.«

Darauf sie, als wäre ich der Bürgermeister oder sonst was: »Nun, Monsieur Chazes, es war mir eine Freude, Ihre Bekanntschaft zu machen!«

Dann hat sie noch auf die Vögel gezeigt. »Danke sehr, dass Sie mir Ihre vielköpfige Familie vorgestellt haben!«

Ich habe mir gesagt, dass sie witzig ist.

So sind wir auseinandergegangen.

Vom Park aus bin ich direkt zur Kneipe Chez Francine, weil mir die Sache mit dem Koch auf Englisch keine Ruhe ließ. Montags fängt Jojo Zekouc immer etwas früher an. Ich bin da wie zu Hause. Wenn ich ihn sehen will, gehe ich gleich nach hinten in die Küche.

Er war gerade am Gemüseputzen, und ich bin sofort damit rausgeplatzt: »He! Weißt du eigentlich, dass du dir deinen Job gut ausgesucht hast, bei deinem Nachnamen?«

Er sah überrascht aus und fragte, warum ich das sagte. Ich wollte nicht zu sehr darauf herumreiten, es war ja nicht, um mich über ihn lustig zu machen, aber ich meinte, dass es doch irgendwie witzig ist, mit einem solchen Namen als Koch zu arbeiten, oder?

»Wie, mit meinem Namen? Pelletier …? Tut mir leid, ich hab keine Ahnung …«

»Doch nicht Pelletier! Ich rede nicht von Pelletier, ich rede von Zekouc. Das ist Englisch, *Zekouc*, wusstest du das nicht?«

»Ach so, jetzt kapiere ich: ein Witz! Du bist mir einer, Germain …!«

Es war klar, dass mir bei der Sache irgendwas entging.

Es nervte mich, dass ich nicht richtig verstand, was los war. Dabei war das nicht das erste Mal: Ich habe oft das Gefühl, dass die Leute über meinen Kopf hinwegreden (wie man so schön sagt, obwohl das bei meiner Größe nicht gut geht). Manchmal kapiere ich alles. Manchmal nur einen Teil. Aber meistens eher wenig.

Als ich klein war, nannte meine Mutter mich den »glücklichen Schwachkopf«. Aber das stimmte nicht, ich war nicht glücklich. Ein Schwachkopf, meinetwegen. Aber *glücklich* überhaupt nicht.

Landremont sagt, ich wäre intelligent genug, um zu sehen, wie dumm ich bin, und dass mein ganzes Elend daher kommt. Ich glaube, er hat recht, obwohl es vielleicht kein Kompliment ist, wenn ich es mir richtig überlege. Jedenfalls spüre ich, wenn ich etwas nicht kapiere.

Annette sagt, bei ihr ist es genauso, aber nur, was Zahlen und Rechnen angeht.

Meine Mutter nannte mich auch »Idiot« oder »Esel«. Und als ich anfing zu wachsen: »Großer Trottel«.

Sie hatte »keine besonders mütterliche Ader«, wie mein Kumpel Julien sagt.

Julien war schon in der Grundschule mein bester Freund. Er begleitete mich oft nach Hause. Dann spielten wir abends zusammen. Das war, bevor ich abgehauen bin und die Alte ihren Fotoalben und ihrem Ausschneidefimmel überlassen habe, um mein eigenes Leben zu leben.

Wenn Julien kam, konnte er mit eigenen Augen sehen, dass meine Mutter diese Ader nicht hatte. Dabei hat es mir nie an was gefehlt, in Sachen Nahrung oder Hygiene. Aber so, wie sie mir die Suppe serviert hat, da kam mir der Teller vor wie ein Blechnapf. Und Ohrfeigen, da kann man sagen, was man will, haben noch nie jemandem »den Kopf zurechtgerückt«. Entweder man hat ihn am rechten Fleck oder eben nicht. Ohrfeigen tun weh, das ist alles.

Und das Schlimmste bei dem Ganzen ist, dass du dich zusammenreißt, um nicht zurückzuschlagen, auch wenn du zwei Köpfe größer bist und sie mit einem einzigen Schubser zum Schweigen bringen oder gegen die Wand knallen könntest.

Wie auch immer, wenn es eine Sache gibt, die ich meiner Mutter nicht vorwerfen kann, dann, dass sie verlogen war. Das nun wirklich nicht. Sie hat mir immer gesagt, was sie über mich dachte. Deswegen kann ich mich aber noch lange nicht daran gewöhnen.

Ich hatte diese Geschichte noch nicht aufgeklärt, als Landremont die Kneipe betrat. Ich habe ihn zu uns nach hinten gepfiffen und gefragt: »Findest du nicht auch, dass Jojo guten Grund hatte, Koch zu werden, bei seinem Nachnamen?«

Landremont hat mich mit verständnisloser Miene angeschaut. Und dann hat er plötzlich gerufen: »Ach so! ›Pelletier‹! Du meinst wegen dem Knusperbrot, das so heißt?«

Pelletier musste der Name seiner Mutter sein und Zekouc der seines Vaters. Das klingt ja etwas arabisch – auch wenn es angeblich Englisch ist –, und er wollte vielleicht nicht, dass jeder Bescheid weiß. Dabei ist Francine kein bisschen rassistisch. Das kann Youssef bestätigen.

Ich habe Landremont geantwortet: »Nein, ich rede von seinem anderen Namen. Wobei Pelletier auch lustig ist, stimmt. Aber *Zekouc*, das heißt auf Englisch ›der Koch‹, falls du das nicht weißt!«

Ich war stolz wie sonst was.

Landremont hat losgelacht. Er hat mir auf die Schulter geklopft und gemeint: »Mannomann, bist du vielleicht vernagelt! Alle Achtung, gut isoliert, total wasserdicht! Nix im Schädel und keine Chance, dass sich das mal ändert …«

»Hör auf!«, hat Jojo gesagt.

Landremont hat so sehr gelacht, dass ihm die Tränen kamen.

Jojo hat sich geräuspert. Ich habe gespürt, dass es ihm peinlich war. Er hat so ein Gesicht gemacht, wie man es kleinen Kindern gegenüber aufsetzt, wenn man ihnen was erklären will. Wenn man auf die Art mit mir redet, macht mich das so was von rasend, das können Sie sich gar nicht vorstellen.

»Germain, ich heiße Pel-le-tier. Joël Pelletier. Man nennt mich *The Cook*, eben weil ich Koch bin … Aber das ist nur ein Spitzname, verstehst du?«

»Ach so, ja klar, das wusste ich natürlich, was glaubst du denn?«

Er hat mir zugezwinkert. »Klar wusstest du das. Wenn ich es erkläre, dann für Landremont.«

»Für wen denn sonst?«, hat der gesagt.

Und dann haben wir über andere Dinge geredet.

Aber die Sache ging mir weiter im Kopf herum, auch wenn ich es nicht zeigte.

Es macht einen auf die Dauer echt fertig, das Leben »ohne Decoder zu betrachten«, wie Marco manchmal sagt.

Wenn intelligent sein eine Sache des Willens wäre, dann wäre ich ein Genie, das kann ich wohl sagen. Denn angestrengt habe ich mich! Aber es ist, als wollte ich mit einem Suppenlöffel einen Graben ausheben. Alle anderen haben Schaufelbagger, nur ich stehe da wie ein Trottel. Im wahrsten Sinn des Wortes.

Den Abend habe ich nicht mit ihnen verbracht. Als Julien gegen zehn Uhr in der Kneipe aufgetaucht ist und gefragt hat: »Na, wie steht's mit der Revanche für gestern?«, da habe ich gesagt: »Nee, ich muss noch was besorgen.«

»Um zehn Uhr abends? Meinst du nicht eher … eine Lieferung?«, hat Landremont gemeint und sich zwischen die Beine gefasst. »Wenn es der Laden ist, den ich vermute, brauchst du dir keine Sorgen machen, der hat die ganze Nacht auf. Grüß Annette schön von mir, ja?«

»Fahr zur Hölle!«, habe ich geantwortet.

Er hat sich kaputtgelacht und weiter das Maul aufgerissen: Ich hätte im Grunde schon recht, Mädchen wären wie Flaschen – erst zur Brust nehmen, dann wegschmeißen.

Manchmal ist er wirklich ordinär.

Ich habe gesagt: »Damit kennst du dich ja gut aus … mit Flaschen.«

Jojo hat von der Küche her gepfiffen. »Hoho! Ein Punkt für dich, Germain! Und ein schöner dazu!«

»Das hat gesessen, wie?«, meinte Marco in Landremonts Richtung.

Der hat nur mit den Schultern gezuckt, aber er war beleidigt, und das hat mich gefreut.

Francine war gerade dabei, den Tresen abzuwischen, sie hat gelacht und gesagt: »Was glaubt ihr denn? Germain ist der Hellste von euch vieren! Und der Netteste dazu!

Stimmt's, Germain? Die anderen sind nur neidisch, die können dir den Buckel runterrutschen!«

Ich habe ja gesagt und mich mit zwei Küsschen von ihr verabschiedet. Francine nimmt mich immer in Schutz, ich glaube, sie hat mich gern. Ich glaube sogar, ein bisschen mehr als das, aber für den Fall, dass ich falschliege, will ich der Sache lieber nicht auf den Grund gehen. Außerdem ist Youssef ein guter Kumpel, da werde ich ihm nicht hinterrücks ein Kind anhängen, das ist eine Frage des Anstands.

Davon abgesehen ist sie mir persönlich auch ein bisschen zu alt.

Ich bin zu Annette gegangen. Nicht nur, um Sachen mit ihr zu machen. Bei Annette kann ich mich ausruhen – sozusagen, denn wenn wir uns sehen, drehen wir selten Däumchen.

Das erste Mal zwischen ihr und mir habe ich nicht vergessen. Es war nach dem Fest am 1. Mai. Wir hatten miteinander getanzt, und dann ist plötzlich ein Gewitter losgegangen. Es hat gegossen wie aus Kübeln. Der Wind ist stürmisch geworden, und es wurde auf einen Schlag kalt. Annette hatte ihr Auto gleich neben dem Dorfplatz geparkt, da hat sie angeboten, uns nach Hause zu fahren. Wir haben ja gesagt. Bei dem Wetter würden wir ja wohl kein Taxi ausschlagen! Und sicherer war es auch, denn Marco war sternhagelvoll.

Wir haben Marco und Landremont zuerst abgesetzt, hinter dem Ortsausgang. Dann sind wir umgedreht, um Julien und seine Freundin Laetitia heimzubringen, die inzwischen nicht mehr seine Freundin ist, jetzt hat er Céline, und das war ein guter Tausch, denn Laetitia war schon ein ziemliches Miststück. Jetzt darf man das sagen, die Sache ist verjährt.

Zum Schluss sind wir dann zu mir gefahren. Und da hat Annette mich gefragt: »Regnet es bei dir nie rein bei so einem Wetter, in deinen Wohnwagen?«

»Nein, nie. Aber ich werde mir heute Nacht sicher einen abfrieren. Mein Ölradiator hat den Geist aufgegeben, und ich habe nicht daran gedacht, mir einen neuen zu kaufen. Im Mai, wer denkt denn da an so was!«

»Willst du bei mir schlafen?«

Und da sie schon so fragte, mit einer Hand auf meinem Schenkel, und weil mich die Blues-Tanzerei ganz heißgemacht hatte, habe ich ja gesagt. Was hätten Sie denn getan?

Ich war noch nie bei Annette gewesen. Ich fand ihre Wohnung hübsch eingerichtet, aber ich war nicht zum Besichtigen gekommen. Annette hat uns einen Kaffee gekocht, und dann hat sie sich zu mir gesetzt. Ich fragte mich gerade, wie ich die Sache anfangen sollte, aber da hat sie die Initiative ergriffen. Das hat mich nicht mal schockiert. Dabei mag ich es eigentlich nicht besonders, wenn Mädchen gleich über einen herfallen. Das ist nicht sehr weiblich, finde ich. Aber abgesehen davon ist es praktisch, das muss ich schon zugeben. Na ja, jedenfalls war das damals meine Meinung. Ich war noch etwas ungehobelt. Seitdem ist einiges passiert. Ich sehe die Dinge nicht mehr so wie früher, auch was Sex angeht. Mein Gehirn ist oben, mein Schwanz ist unten, und ich verwechsle die beiden Etagen nicht mehr.

Annette ist nicht besonders groß und ganz zierlich. Sie ist sechsunddreißig, sieht aber jünger aus. Es ist dämlich, aber ich hatte Angst, ihr wehzutun. Man kann sagen, dass ich ganz schön wuchtig bin. Ich fragte mich, ob ich sie nicht erdrücken würde, wenn ich mich auf sie legte, und ob sie genug Platz hätte, um mich in sich aufzunehmen, ob ich sie nicht zerreißen würde. Lauter solchen Quatsch, aber es beschäftigte mich eben. Und Nachdenken schadet der Leistungsfähigkeit.

Es gibt Momente, da bleibt man besser spontan.

Annette ist ulkig gebaut: Sie hat eine ganz dünne Taille, die ich mit einer Hand umfassen könnte, und Brüste, die ganz rund und fest sind, sie fühlen sich gut an und halten einiges aus, das können Sie mir glauben. Und dann Beine, die für ihre Größe sehr lang sind, und einen kleinen Hintern wie ein Kohlkopf. Sie ist vielleicht nicht wirklich hübsch mit ihren Augenringen, dem mageren Gesicht und dem manchmal todtraurigen Blick, aber sie hat etwas. Landremont sagt, sie hätte einen Hintern aus Gold, aber ein Gesicht zum Weglaufen. Der muss gerade reden, seine Frau, die sah aus wie ein Pferd. Friede ihrer Seele, der Herr bewahre sie in Seiner heiligen Nähe, ansonsten war sie wirklich eine nette Frau.

Das alles nur, um zu sagen, dass Annette an dem Abend also die Initiative ergriffen hat und dass ich sie nicht erdrückt habe, auch nicht erstickt oder sonst was Unfallmäßiges. Als ich in ihr drin war, fühlte es sich an wie lauter Watte, Seide und Federn. Warm und weich und so schön anschmiegsam, dass ich am liebsten mein ganzes Leben lang da dringeblieben wäre. Nach einer Weile haben wir noch mal von vorn angefangen. Sie verschlang mich mit den Augen. Sie war zärtlich, ganz damit beschäftigt, mir Gutes zu tun. Sie hat gesagt, dass sie schon seit langem von mir träumt. Das fühlt sich komisch an, wenn eine Frau so was zu dir sagt, vor allem, wenn sie dabei feuchte Augen und eine gurrende Stimme hat und ihre Hand sanft an dir rummacht.

Es war fast peinlich. Aber auch sehr angenehm.

Als ich Annette kennengelernt habe, hatte ich mich noch nie so richtig mit einer Frau beschäftigt. Mädchen waren für mich entweder wie gute Freundinnen, und die rührt man nicht an, oder wie Papiertaschentücher, also sowieso egal. Darauf bin ich nicht stolz, und ich schäme mich auch nicht dafür, es war einfach so. Aber damit ist es aus und vorbei, diesen Germain gibt es nicht mehr, ein für alle Mal.

Ich habe mich wirklich verändert. Seit ich Margueritte begegnet bin, arbeite ich an meinem Verstand. Ich stelle mir Fragen über das Leben und versuche, sie mir zu beantworten, indem ich darüber nachdenke, ohne zu schummeln. Ich denke über das Dasein nach. Darüber, was man mir am Anfang mitgegeben hat, darüber, was ich mir alles selbst beschaffen musste, im Nachhinein.

Unter den neuen Wörtern, die ich entdeckt habe, sind mir zwei besonders hängengeblieben: *angeboren* und *erworben*.

Es würde mir schwerfallen, sie im Detail zu erklären, ohne noch mal im Wörterbuch nachzuschauen, aber ich verstehe, worum es geht. Das Angeborene, das hat der Mensch schon, wenn er geboren wird, und das ist leicht zu behalten, weil es in dem Wort drinsteckt. Das Erworbene ist das, wofür man sich den Rest seines Lebens abrackert. Alles, was man sich rechts und links zusammenleihen muss, bei anderen. Aber bei wem?

Gefühle zum Beispiel, die sind nicht angeboren, überhaupt nicht. Essen, Trinken, das ja: Das ist Instinkt. Wenn du es nicht tust, krepierst du. Aber die Gefühle, das sind Extras, da hast du die Wahl, du kannst sogar ganz ohne leben. Ich weiß das. Du lebst zwar schlecht, wie ein Idiot, kaum anders als ein Tier, aber du kannst lange so existieren. Sehr lange. Ich will nicht immer mich selbst als Beispiel nehmen, aber ich persönlich habe am Anfang nicht viel abbekommen in Sachen Liebe.

In einer normalen Familie – soweit ich das beobachtet habe –, da wird manchmal geheult, manchmal geschrien, aber es gibt auch Zärtlichkeit, man wühlt dir durch die Haare, man sagt: »Der Kleine ist ja wirklich ganz der Vater!«, und macht dabei zum Spaß ein böses Gesicht, weil man im Grunde stolz ist, zu wissen, wo du herkommst. Genauso ist das, wenn Marco von seiner Tochter oder Julien von seinen beiden Jungs redet.

Mein Problem ist, dass ich nirgendwo herkomme. Natürlich, ich bin aus einem Paar Eiern hervorgegangen, geht ja nicht anders. Und aus der Muschi einer Frau, wie jedermann hier auf Erden. Nur war bei mir, kaum dass ich auf der Welt war, schon alles Gute aus und vorbei. Deswegen sage ich: Gefühle sind etwas Erworbenes, man muss sie lernen. Wenn ich dafür etwas länger gebraucht habe als andere, dann deshalb, weil ich am Anfang kein Vorbild hatte. Ich musste alles allein rausfinden. Und was die Sprache angeht, ist es dasselbe, die habe ich vor allem auf Baustellen und in Kneipen gelernt, deshalb drücke ich mich schlecht aus – mit groben Wörtern, die die Dinge beschmutzen – und nicht immer in der richtigen Reihenfolge, wie es die gebildeten Leute tun: klein *a*, klein *b*, klein *c*.

Landremont, Devallée oder der Bürgermeister, der Lehrer am Gymnasium ist – wenn die reden, dann merkt man, dass sie einen Gedanken fest an einem Ende gepackt haben.

Sie brauchen ihn nur noch aufzurollen wie eine Angelschnur und ihm zu folgen, ohne loszulassen, bis sie am anderen Ende angekommen sind. »Den Faden nicht verlieren«, so nennt man das. Da kannst du dazwischenreden, unterbrechen, ihnen sagen: »Aber ich habe gehört …« oder: »Man behauptet, dass …« – nichts zu machen, sie halten ihren Kurs.

Ich gerate immer durcheinander. Ich gehe von einer Sache aus, das bringt mich auf eine andere, und noch eine andere, und noch eine andere, und wenn ich fertig bin, weiß ich überhaupt nicht mehr, was ich eigentlich sagen wollte. Und wenn mir jemand ins Wort fällt, verheddere ich mich noch mehr, dann ist das Kuddelmuddel perfekt.

Wenn es den gebildeten Leuten mal passiert, dass sie sich beim Reden verhaspeln, dann werden sie ganz blass. Sie legen den Zeigefinger an den Mund, ziehen die Stirn kraus und sagen: »So was aber auch … Verflixt, wo war ich stehengeblieben? Worauf wollte ich hinaus?«

Und ringsherum schauen die Leute besorgt drein und halten die Luft an, als wäre etwas Schlimmes passiert.

Der Unterschied zwischen ihnen und mir ist: Wenn ich den Faden verliere, dann ist das allen egal.

Einschließlich und sogar zuallererst mir selbst.

Früher war ich fast Analphabet – *wer weder lesen noch schreiben kann. Siehe: Unkundiger* –, und ich schäme mich nicht dafür. Lesen, das ist etwas Erworbenes. Dem braucht man nicht hinterherzulaufen. Wenn du klein bist, schickt man dich zur Schule, um dich zu stopfen, mit Gewalt, wie bei den Gänsen.

Manche machen das auf anständige Art, mit Fingerspitzengefühl, Geduld und allem. Sie schieben dir die Sachen sanft ins Hirn, bis du voll bist wie ein Ei. Aber es gibt andere, bei denen heißt es: Friss oder stirb! Sie stopfen dir alles in den Kopf, ohne zu überprüfen, wo es hingeht. Mit dem Ergebnis, dass du an einem winzigen Wissenskörnchen, das dir in der Kehle stecken bleibt, ersticken kannst. Dann willst du nur noch eins: ausspucken und in Zukunft lieber nichts mehr schlucken, als dich so schlecht zu fühlen.

Mein Lehrer Monsieur Bayle war einer von der zweiten Sorte, ein Gänsestopfer. Er jagte mir eine Heidenangst ein. An manchen Tagen hätte ich mir in die Hose machen können, wenn er mich nur anschaute. Allein schon, wie er meinen Namen aussprach: »*Chaazes* …!« Ich wusste, dass er mich nicht mochte. Er hatte sicher seine Gründe dafür. Für einen Lehrer ist ein beschränkter Schüler ganz schön nervig, das kann ich verstehen. Deshalb rief er mich jeden Tag an die Tafel, um sich abzureagieren. Ich sollte dort das Gelernte wiederholen.

Und das vor den ganzen Schleimern, die sich mit den Ellbogen anstießen und mich hinter vorgehaltener Hand auslachten, und vor den Nieten, die sich darüber freuten, dass ich noch schlechter war als sie. Monsieur Bayle half mir nicht, im Gegenteil, er ließ mich jedes Mal richtig reinrasseln. Ein echter Fiesling. Ich kann ihn immer noch hören, ohne besondere Anstrengung: Seine Stimme hat sich mir fest ins Ohr gebohrt.

»Nun, *Chaazes*, steht man wieder auf der Leitung?«

»Tja, *Chaazes*, da fehlt es wohl an den Grundlagen!«

»Unser Freund *Chaazes* ist heute Morgen wohl noch nicht ganz da!«

Die anderen fanden das witzig.

Dann fügte er hinzu: »Nun, *Chaazes*? Ich warte! Ich warte, wir warten, Ihre Mitschüler warten …«

Er rückte seinen Stuhl etwas zurecht, um sich besser zur Tafel drehen zu können, verschränkte die Arme und betrachtete mich kopfschüttelnd. Er tippte mit der Fußspitze auf den Boden, ohne ein Wort. *Tapp, tapp, tapp* … Ich hörte nur noch dieses Geräusch und das Ticken der Wanduhr gegenüber, *tick-tack, tick-tack* … Manchmal dauerte es so lange, dass alle anderen schließlich verstummten.

Alles wurde so still um das *Tick-tack* und *Tapp-tapp* herum, dass ich mein Herz bis in den Kopf klopfen fühlte. Am Ende seufzte er und schickte mich mit einem Handwedeln zurück an meinen Platz: »Mein armer *Chaazes*, bei Ihnen ist wirklich Hopfen und Malz verloren …«

Die anderen brachen in Gelächter aus, das entspannte sie. Und ich hätte sterben mögen. Oder ihn umbringen, wenn ich gekonnt hätte. Ihn umbringen, das wäre besser gewesen. Ihn mit meinen Riesenlatschen zertreten wie die mit Kreide vollgefressene Kakerlake, die er war. Abends, wenn ich im Bett lag, dachte ich an meine Mordgelüste, und das war der einzige Moment des Tages, wo ich mich gut fühlte. Wenn ich nicht gewalttätig geworden bin – jedenfalls nicht mehr, als erlaubt ist –, dann verdanke ich das sicher nicht ihm. Manchmal sage ich mir, dass die Irren so geworden sind, weil man sie mit lauter Gemeinheiten dazu gebracht hat. Wenn Sie wollen, dass ein Hund böse wird, brauchen Sie ihn nur sinnlos zu prügeln. Bei einem Menschen ist es genauso, nur noch einfacher. Den braucht man nicht mal zu schlagen. Sich über ihn lustig zu machen reicht völlig.

In der Grundschule gibt es Kinder, die ihr Einmaleins und ihre unregelmäßigen Verben lernen. Ich dagegen habe viel nützlichere Dinge gelernt: dass die Stärkeren gern auf den Schwächeren herumtrampeln und sie als Fußabtreter benutzen. Das ist es, was ich in meinen Schuljahren an Wissen erworben habe. Und das alles wegen einem Mistkerl, der Kinder nicht leiden konnte. Mich jedenfalls konnte er nicht leiden. Vielleicht hätte mein Leben mit einem anderen Lehrer ganz anders ausgesehen – wer weiß? Ich sage nicht, dass ich wegen diesem Kerl ein Dummkopf bin, das war ich sicher schon vorher. Aber er hat mir ganz schön Steine in den Weg gelegt. Ich werde den Gedanken nicht los, dass ein anderer mir vielleicht ein paar Hindernisse aus dem Weg geräumt hätte. Damit ich weiterkomme, statt ständig zu stolpern, bis ich mich kaum mehr aufrappeln konnte. Aber es war eben Pech, es gab damals in der Schule nur zwei Klassen. Die Klasse der Kleinen und die der Großen. Monsieur Bayle, den hatten wir von acht bis zehn am Hals. (Elf, was mich anging.) Ich bin nicht der Einzige, der unter ihm gelitten hat, ich weiß. Er hat mehr als einen vermurkst, der alte Bayle mit seiner Bosheit, seiner Dummheit. Er hatte die Weisheit mit Löffeln gefressen. Immer schaute er auf uns herunter, was nicht schwer war, wir waren ja nur Knirpse und hatten von nichts eine Ahnung.

Und statt sich darüber zu freuen, was er uns alles beibringen könnte, hatte er nichts Besseres zu tun, als die Schwachen, die Schlechten, alle, die ihn wirklich brauchten, zu demütigen.

Zu so viel Blödheit braucht man Talent, finde ich.

Man kann sagen, was man will, aber für ein Kind ist es kein Glück, in die Schule zu gehen. Die Leute, die so was behaupten, können Kinder nicht leiden, oder sie erinnern sich nicht mehr, dass sie auch mal klein waren.

Was Kinder wollen, ist Gründlinge angeln gehen und auf den Bahngleisen Schottersperren bauen, um Güterzüge entgleisen zu lassen – auch wenn jeder weiß, dass das nicht funktioniert. Oder vom Ufer aus die Brückenpfeiler hochklettern (was auch nicht geht, wegen der Überhöhung). Vom höchsten Punkt der Friedhofsmauer springen, auf einem unbebauten Gelände Feuer machen, an Türen klopfen und schnell wegrennen. Den Kleineren Ziegenköttel statt Lakritzbonbons andrehen. Solche Sachen, wissen Sie?

Als Kind will man ein Held sein, sonst nichts.

Wenn die Eltern nicht ständig hinter einem her sind und einem eintrichtern, dass die Schule wichtig ist, dass man hingehen muss und damit basta, tja, dann geht man eben nicht hin – ich jedenfalls – oder zumindest so wenig wie möglich.

In der Hinsicht war meine Mutter nicht streng. Sie hätte mir den Besen auf dem Kopf kaputt geschlagen, wenn ich im Hausflur Matschspuren hinterlassen hätte, aber dass ich nicht Lesen oder Schreiben lernte, war ihr völlig egal, glaube ich. Wenn ich um fünf nach Hause kam, schaute sie mich kaum an. Ihre ersten Worte waren: »Hast du das Brot mitgebracht?«

Und die nächsten: »Lass deinen Krempel nicht im Weg rumliegen! Räum deine Tasche weg!«

Das musste man mir nicht zweimal sagen. Ich warf die Schultasche neben meinem Bett auf den Boden, vergaß die Hausaufgaben und ging mit meinen Freunden spielen, oder auch allein.

Als ich größer wurde, habe ich angefangen, immer öfter zu schwänzen. Wenn Bayle mich fragte, wo ich gewesen war, log ich das Blaue vom Himmel runter, meine Mutter wäre krank und ich hätte für sie einkaufen müssen, ich hätte meine Großmutter verloren, mir beim Rennen den Knöchel verstaucht, ich wäre von einem tollwütigen Hund gebissen worden und hätte zum Doktor gemusst.

Ich übte mich darin, zu lügen und ihm dabei direkt in die Augen zu schauen. Das ist schwerer, als es aussieht, wenn man erst zehn und noch nicht so breit in den Schultern ist. Aber es hat mich Mut gelehrt. Das ist wichtig im Leben.

Bayle war sowieso heilfroh, wenn ich fehlte. So brachte ich wenigstens keine Unruhe in die Klasse, und für ihn war es wie Ferien, wenn er nicht die ganze Zeit brüllen musste: »*Chaazes*, können Sie wiederholen, was ich gerade gesagt habe?«, wobei er genau wusste, dass ich es nicht konnte. Wie auch immer, am Ende der Grundschulzeit war ich öfter beim Angeln als in der Schule. Und so kam es auch, dass man mich später in der Armee als »Analphabet« eingeordnet hat, ein Wort, das höflich ausdrückt, was man über mich dachte, nämlich dass ich doof war.

Zu der Zeit, von der ich vorhin erzählte, am Anfang mit Annette, da begriff ich nicht viel vom Leben. Und es störte mich auch nicht weiter. Ich stellte mir keine Fragen. Im Bett kam ich auf meine Kosten, und ansonsten spielte ich Karten, gab mir jeden Samstagabend die Kante und nüchterte dann im Lauf der Woche wieder aus. Wenn ich Kohle brauchte, arbeitete ich auf Baustellen. Alles kam mir einfach vor. Zwischen »leben« und »das Leben verstehen« gibt es nicht unbedingt einen Zusammenhang, wissen Sie?

Es ist wie mit Autos: Wenn man Sie auffordern würde, den Zündverteiler, einen Kardanantrieb oder den Keilriemen auszuwechseln oder von mir aus auch nur Öl nachzufüllen … was dann? Die meisten Leute, die Auto fahren, haben keine Ahnung davon, weder vom Wie noch vom Warum. Mir ging es genauso mit dem Leben. Ich hielt das Steuer, schaltete hoch und runter, tankte, aber das war auch schon alles.

Als ich Margueritte begegnet bin, fand ich es erst kompliziert, mir Wissen anzueignen. Dann interessant. Und dann unheimlich, denn mit dem Nachdenken anzufangen ist etwa so, wie wenn man einem Kurzsichtigen eine Brille gibt. Alles ringsherum kam einem immer ganz okay vor – einfach weil es unscharf war. Und dann plötzlich sieht man die Risse, den Rost, die Mängel, alles, was bröckelt. Man sieht den Tod, die Tatsache, dass man alles eines Tages verlassen muss, und das nicht unbedingt auf die lustigste Art und Weise. Man kapiert, dass die Zeit nicht nur vergeht: Sie schubst uns mit beiden Händen jeden Tag ein bisschen weiter dem Tod entgegen. Es gibt nicht mal eine Gratisrunde auf dem Karussell zu gewinnen. Man läuft seine Platzrunde, und das war's: Man tritt ab.

Ehrlich, für manche Leute ist das Leben ein ganz schöner Beschiss.

Marguerritte sagt, sich zu bilden, das ist, wie wenn man versucht, auf einen Berg zu steigen. Heute verstehe ich das besser. Solange man auf seiner Weide steht, meint man, alles zu sehen und zu kennen von der Welt: die Wiese, den Klee und die Kuhfladen (das Beispiel ist von mir). Aber eines schönen Morgens nimmt man seinen Rucksack und wandert los. Und je weiter man geht, desto kleiner wird das, was man hinter sich lässt: Die Kühe werden so winzig wie Karnickel, wie Ameisen, wie Fliegendreck. Und andersrum erscheint einem die Landschaft, die man beim Höherkommen entdeckt, immer größer. Man dachte, die Welt würde beim nächsten Hügel aufhören, aber nein! Dahinter ist ein anderer, und noch einer, ein etwas höherer, und noch einer. Und dann ganz viele. Dieses Tal, in dem man so vor sich hin lebte, war nur ein Tal von vielen und nicht einmal das größte. Es war letztlich der Arsch der Welt! Beim Wandern begegnet man anderen Leuten, aber je mehr man sich dem Gipfel nähert, desto weniger werden es, und desto mehr friert man sich einen ab. Bildlich gesprochen, meine ich natürlich. Und wenn man dann ganz oben steht, ist man froh und stolz, dass man höher gekommen ist als alle anderen. Man hat einen irre weiten Ausblick. Aber nach einer Weile, da fällt einem was ganz Blödes auf: dass man nämlich allein ist, ohne irgendjemanden, mit dem man noch reden kann. Ganz allein und schrecklich klein.

Und vom Standpunkt des Herrn aus, Er sei gelobt, sind wir sicher auch nicht größer als ein verdammter Fliegenschiss.

Das ist es wahrscheinlich, was Margueritte meint, wenn sie sagt: »Wissen Sie eigentlich, Germain, dass Bildung einsam macht?«

Ich glaube, da hat sie nicht unrecht, und außerdem muss einem ja ganz schön schwindelig werden, wenn man das Leben immer so tief unter sich hat.

Die Moral von der Geschichte: Ich werde auf halber Höhe stehen bleiben und glücklich sein, wenn ich es so weit schaffe.

Margueritte hat einen Abschluss. Nicht nur einen popeligen kleinen Abschluss wie die mittlere Reife, die jeder Dahergelaufene hat (na ja, bis auf mich), sondern sie hat ein richtiges Studium hinter sich. So was dauert so lange, dass man schon alt ist, wenn man damit fertig wird, und keine Zeit mehr hat, genug Arbeitsjahre zusammenzubringen, um eine anständige Rente zu kriegen.

Sie hat einen Doktor, nur dass sie nicht Doktor ist, sie hatte mit Pflanzen zu tun. Margueritte untersuchte Traubenkerne. Ich weiß zwar nicht, was es da zu untersuchen gibt, so ein Kern ist ja ziemlich übersichtlich. Aber das war ihre Arbeit, und man soll nicht überheblich sein.

Es gibt keine dummen Berufe, nur dumme Leute.

Jedenfalls ist das vielleicht der Grund, warum sie immer von »Kultur« redet, davon, »sich zu kultivieren«. Wieder Wörter, die gleich klingen, aber verschiedene Sachen meinen. Bei der Bodenkultur gräbst du die Erde mit dem Spaten um, du ziehst deine Furchen, lockerst den Boden auf oder machst deine Aussaat. Und bei der anderen Kultur, der, von der Margueritte spricht, nimmst du einfach nur ein Buch und liest. Aber das ist nicht unbedingt leichter, im Gegenteil!

Über Bücher kann ich Ihnen jetzt was erzählen: Ich habe welche gelesen.

Sie können sich nicht vorstellen, wie kompliziert das Lesen ist, wenn man nicht gebildet ist, so wie ich. Man liest ein Wort, gut, man versteht es, das nächste auch, und mit ein bisschen Glück sogar das dritte. Man geht weiter, immer der Fingerspitze nach, acht, neun, zehn, zwölf, bis zum Punkt. Aber wenn man da angekommen ist, ist man keinen Schritt weiter! Man versucht zwar, alles zusammenzufügen, aber es ist nichts zu machen: Die Wörter bleiben so durcheinander wie eine Handvoll Schrauben und Muttern in einer Blechdose. Für Leute, die sich auskennen, ist das einfach. Sie brauchen nur zusammenzuschrauben, was zusammengehört. Fünfzehn Wörter oder zwanzig Wörter, das macht ihnen keine Angst, das nennt man einen Satz. Aber für mich sah das lange Zeit ganz anders aus. Ich konnte lesen, klar, ich kannte die Buchstaben und alles. Das Problem war der Sinn. Ein Buch, das war wie eine Rattenfalle für meinen Stolz, ein scheinheiliges, hinterhältiges Ding, das auf den ersten Blick ganz harmlos aussah.

Tinte und Papier, was sollte schon dabei sein? Aber es war eine Mauer. Eine Mauer, an der ich mir den Kopf einrannte.

Deswegen sah ich nicht ein, wozu Lesen gut sein sollte, solange man nicht dazu gezwungen war, wie für die Steuer oder die Krankenkasse.

Ich glaube, das ist es, was mich bei Margueritte am meisten fasziniert hat – *siehe: eine fesselnde Wirkung auf jemanden ausüben*.

Jedes Mal, wenn ich sie sah, tat sie entweder nichts, oder sie blätterte in einem Buch. Und wenn sie nichts tat, dann hatte sie ihr Buch gerade zurück in die Tasche gesteckt, um sich mit mir zu unterhalten.

Das habe ich mit der Zeit rausgefunden. Wenn Sie mich heute fragen würden, was alles in ihrer schwarzen Handtasche ist, könnte ich mit geschlossenen Augen sagen: ein

Päckchen Papiertaschentücher, ein Kuli, Pfefferminzbonbons, ein Buch, ihre Brieftasche und Parfum in einem kleinen Zerstäuber aus dunkelblauem Glas.

Es ist immer alles gleich, bis auf das Buch, das wechselt.

Es ist komisch: Wenn ich Margueritte anschaue, sehe ich nur eine winzige Alte, vierzig Kilo leicht, zerknittert wie eine Klatschmohnblüte, mit einem krummen Rücken und tatterigen Händen, aber in ihrem Kopf, da sind Tausende von Büchern aufgereiht, alle schön sortiert und nummeriert. Man sieht ihr nicht an, dass sie intelligent ist. Sie redet ganz normal mit mir, sie geht im Park spazieren, sie zählt die Tauben, genau wie gewöhnliche Leute.

Sie macht sich kein bisschen wichtig.

Dabei gab es damals, als sie jünger war, nicht viele Frauen, die so spezielle Sachen studierten, das hat sie mir erzählt. Ich weiß immer noch nicht richtig, was sie eigentlich an ihren Traubenkernen untersucht hat, und auch nicht, wozu das gut sein sollte, aber sie arbeitete in Labors, mit Mikroskopen, Reagenzgläsern und Fläschchen, und schon das allein macht mir Eindruck.

Das und auch die Bücher, die sie die ganze Zeit liest.

Die sie las, vielmehr.

Margueritte und ich haben uns wieder getroffen, den Tag weiß ich nicht mehr genau, nicht sehr lange nach dem ersten Mal. Sie saß wieder auf derselben Bank, und es war sicher die gleiche Uhrzeit.

Als ich sie von weitem gesehen habe, da habe ich gedacht: »Ach, da ist ja die Oma mit den Tauben!«, und diesmal hat es mich nicht weiter gestört. Ich bin hingegangen, um ihr guten Tag zu sagen. Sie hatte die Augen halb geschlossen und sah aus, als würde sie nachdenken oder gleich einschlafen.

Bei alten Leuten sieht am Ende alles ähnlich aus: denken, sterben, Mittagsschlaf machen.

Ich habe guten Tag gesagt. Sie hat hochgeschaut und gelächelt.

»Ach! Guten Tag, Monsieur Chazes!«

Ich werde hier in der Gegend nicht oft *Monsieur* genannt. Da heißt es eher: »Hallo, Germain!« Oder: »He, Chazes!«

Sie hat auf die Bank gezeigt, damit ich mich zu ihr setze. Und da habe ich gesehen, dass ein Buch auf ihrem Schoß lag. Weil ich es anschaute, um zu versuchen, das Bild auf dem Umschlag zu erkennen, hat sie mich gefragt: »Lesen Sie gern?«

»Oh, nein!«

Das kam wie aus der Pistole geschossen und war dann nicht mehr zurückzuholen.

»Nein?«

Margueritte wirkte geplättet.

Ich habe versucht, die Sache geradezubiegen, und locker gemeint: »Zu viel Arbeit …«

»Ach so! Ja, das ist wohl wahr. Die Arbeit frisst eine Menge Zeit im Leben … Tauben zählen, seinen Namen auf das Gefallenendenkmal schreiben …«

Sie sagte das mit so einem Gesicht, als würde sie innerlich lachen, aber nicht böse.

»Haben Sie mich gesehen? Bei dem Denkmal, haben Sie mich da gesehen?«

Sie nickte. »Nun ja, ich habe Sie eines Tages bemerkt, vor der Stele. Sie wirkten sehr beschäftigt, aber von hier aus konnte ich nicht erkennen, was Sie taten. Deshalb bin ich – ich hoffe, Sie verzeihen mir meine Neugier – nachschauen gegangen, als Sie wieder fort waren. Und so habe ich festgestellt, dass Sie der Liste der Gefallenen einen Namen hinzugefügt haben: Germain Chazes … Ich nehme an, es handelt sich um Ihren Vater? Denn wenn ich mich nicht irre, haben Sie mir doch gesagt, dass Sie mit Vornamen ebenfalls Germain heißen, nicht wahr?«

Ich habe ja gesagt. Aber da es ein einziges Ja auf verschiedene Fragen war, hat sie einfach verstanden, was sie verstehen wollte. Und ich stand plötzlich mit einem unbekannten Soldaten als Vater da, der den gleichen Namen hatte wie ich, was eigentlich komisch war: Chazes ist nämlich der Name meiner Mutter, die auch mit ihrem dicken Bauch ledig geblieben ist, und später mit mir auf dem Arm.

Oder mit mir »am Hals«, wie sie oft sagte.

Ich war nämlich eine schwere Last für meine Mutter, daraus hat sie kein Geheimnis gemacht. Aber wie Landremont sagen würde: »Das beruht auf Gegenseitigkeit.« Soll heißen, dass sie mir auch ganz schön auf den Senkel gegangen ist.

Ich wollte Margueritte nicht damit enttäuschen, dass ich ihr von dem Ball am 14. Juli erzählte, wo sich meine Mutter in einem Gebüsch von einem dreißigjährigen Kerl aus dem Nachbardorf das Leben erklären ließ, was ihr einen schlechten Ruf und einen halb schwachsinnigen Sohn einbrachte, zumindest von ihrem Standpunkt aus. Ich spürte genau, dass die Dinge in Marguerittes Welt nicht so liefen. Deswegen habe ich einfach nur ja gesagt. Und damit stand ich plötzlich als arme Kriegswaise da, was doch wesentlich mehr hermacht als so ein Betriebsunfall, wenn Sie meine Meinung hören wollen.

Margueritte hat leise geseufzt, als wäre sie jetzt für mich unglücklich.

Aber worüber denn?, habe ich gedacht. Wofür sollte sie mich bemitleiden? Ich habe doch ein ziemlich schönes Leben!

Ich erinnere mich an ihren ernsten Blick, als sie dann sagte: »Ich finde es rührend von Ihnen, dass Sie sich so dafür einsetzen, einer offensichtlichen Ungerechtigkeit abzuhelfen … Es ist ja auch ein Unding: Wenn Ihr Vater in Algerien gefallen ist, wie kommt es dann, dass sein Name nicht auf diesem Denkmal steht?«

Was hätte ich ihr sagen sollen, um zu erklären, warum mein Alter nicht auf der Liste war? Soweit meine Informationen stimmen, hieß er nämlich Despuis, war Tischler und ist noch nicht mal im Krieg umgekommen, sondern bei einem Busunfall in Spanien, als ich etwa vier, fünf Jahre alt war. Ganz zu schweigen von der Tatsache, dass er nie einen Fuß nach Algerien gesetzt hat, schon gar nicht im Krieg (1954 bis 1962). Und dass ich, wenn er in diesem Krieg gefallen wäre, nie das Licht der Welt erblickt hätte – was niemanden weiter gestört hätte –, weil ich erst im April 1963 geboren bin. Am 17.

Das alles zusammengenommen, wusste ich beim besten Willen nicht, wie ich der armen alten Frau meine Geschichte verpacken sollte. Ich saß da wie ein Trottel und seufzte über meine Version der Dinge, die einfach nicht besser werden wollte, sosehr ich sie auch drehte und wendete.

Da hat sie zu mir gesagt: »Es tut mir leid, Monsieur Chazes. Ich merke, dass meine Frage sehr indiskret war, ich bitte Sie um Verzeihung. Ich wollte Sie nicht in Verlegenheit bringen, wirklich, es tut mir so leid …«

»Ist nicht schlimm.«

Und das stimmte auch, es war nicht schlimm. Mein Vater ist mir schnurz. Er ist einfach bloß mein Erzeuger.

Als ich an dem Tag nach Hause kam, habe ich mich gefragt, warum mir eigentlich so viel daran lag, meinen Namen auf diese verdammte Marmorliste zu setzen. Wenn ich nämlich ernsthaft darüber nachdachte – was ich damals nicht gern tat –, wusste ich natürlich schon, dass ich nicht im Krieg gewesen war. Und ich wusste auch, dass man tot sein muss, um aufgenommen zu werden. Auch wenn ich vor Devallée, dem stellvertretenden Bürgermeister, den Idioten spielte.

Ich, Germain Chazes, wusste also genau, dass man erst abkratzen muss, damit man das Recht hat, in Großbuchstaben auf das Denkmal eingraviert zu werden und sich von den Parktauben vollkacken zu lassen.

Warum also, warum lag mir so verdammt viel daran, auf dieser Liste zu stehen? Wollte ich das Gefühl haben, dass ich irgendwo dazugehörte, dass ich ein bisschen existierte, auch wenn ich nicht wirklich auf allen Oberflächen »unauslöschlich« war? Oder sollte sich irgendjemand fragen: »Ach, wer mag das wohl sein, dieser Typ, der ständig seinen Namen auf das Gefallenendenkmal schreibt? Warum tut er das?«

Ich hätte gern mit jemandem über das alles geredet, aber mit wem? Mit Landremont oder Marco lohnte es sich nicht, die hätten mich bloß wieder für einen Trottel gehalten. Bei Julien wusste ich nicht so richtig. Jojo, Youssef – auch nicht. Und Annette?

Ja, vielleicht war das eine Sache, über die man mit einer Frau reden konnte.

Es ist komisch mit den Frauen: Sie kapieren nichts und wieder nichts, man kann regelrecht zugucken, wie die sich verarschen lassen, aber für bestimmte Sachen haben sie einfach die besseren Antennen. In null Komma nichts erklären sie dir, wie du tickst, da innen drin. Und sie liegen damit gar nicht immer falsch. Manchmal haben sie sogar genau das richtige Gespür.

Da ist mir plötzlich was Erstaunliches aufgefallen: Ich war dabei, über mich selbst nachzudenken, über meine Art, zu denken, zu reagieren, lauter so Sachen. Mannomann!, habe ich mir gesagt.

Das war neu für mich, und mir wurde ganz schwindelig. Denn vor diesem Tag, da habe ich eben gedacht oder nicht gedacht. Entweder das eine oder das andere. Und wenn ich dachte, dann hielt ich mich nicht weiter damit auf, es passierte im Grunde ohne mich. Wenn ich dachte, dann ganz ohne zu überlegen.

Aber wenn ich das so erkläre, ist es nicht sehr klar, merke ich. Jedenfalls war ich es nicht gewohnt, mir über das Warum und Weshalb den Kopf zu zerbrechen.

Ohne es zu wollen, hatte Margueritte eine verdammte Lust am Nachdenken in mir geweckt, so was wie einen Ständer im Hirn.

Und am Abend dann, während ich vor dem Wohnwagen mein Steak grillte, sind mir ein Haufen Sachen eingefallen, die mir passiert sind, seit ich klein war. Zum Beispiel das, was ich Ihnen über Monsieur Bayle erzählt habe. Die Streiterei mit meiner Mutter. Gardini, dieser Dreckskerl – von dem spreche ich später noch. Das erste Mal, wo ich eine Tasche gestohlen habe – aber na ja, da war ich noch klein, alle Kinder machen so was. Die Armee. Die Besäufnisse und

Schlägereien in den Bars. Die Kartenspiele und die Affären. Die ganzen Lackaffen, die mich verarschen und glauben, dass ich es nicht mitkriege.

Und die Jahre, die so schnell vergangen sind, dass ich jetzt, wie Landremont sagt, von der Statistik und der Lebenserwartung her dem Ende näher bin als dem Anfang.

Dann habe ich mich an all die Sachen erinnert, von denen ich träumte, als ich klein war. Und sogar an die Berufung – *Befähigung, Neigung (zu einem Beruf, einem Stand)* –, die ich mit etwa zwölf gespürt habe. Jedes Mal, wenn die Kirche offen war, fand ich einen Grund reinzugehen. Nicht um zu beten, damit hatte ich nichts am Hut, der Herr in Seiner großen Güte möge mir verzeihen. Ich wollte nur das große, bunte Fenster betrachten, ganz hinten im Chor. Ich fand, dass es wunderschöne Farben hatte und wirklich vertrackte Muster. Und deshalb beschloss ich, Kirchenfenstermacher zu werden.

Als ich das bei der Berufsberatung gesagt habe, hat man mir geantwortet, das wäre kein Beruf, Kirchenfenstermacher. Kein Beruf?! Verdammt, was wollten die denn, diese Idioten? Das war der schönste Beruf der Welt! Stattdessen schlug man mir vor, als Lehrling in einer Glaserei anzufangen. Ich habe sie alle zum Teufel geschickt und gesagt, Gläser herstellen würde mich nicht die Bohne interessieren. Warum nicht gleich unkaputtbares Geschirr?

Es war nur ein Wort, ein einziges, das man mir hätte verklickern müssen, verstehen Sie? Aber an dem Tag hat mir kein Mensch erklärt, dass man erst Glaser lernen muss, um Kirchenfenster zu bauen.

Wie auch immer, während ich vor dem Wohnwagen die Tomaten und Zwiebeln für meinen Salat klein schnippelte, habe ich über mich nachgedacht, aber nicht wirklich so, als ob ich es selbst wäre. Eher als wäre ich irgendein kleiner

Junge, den ich auf der Straße getroffen hätte, der Sohn der Nachbarn, ein Neffe. Irgendein Rotzlöffel, der nicht viel Glück hatte im Leben. Ein armer Bengel, ohne Vater und letztlich auch fast ohne Mutter, weil meine oder keine …

Ich habe mich plötzlich von außen gesehen, das war ein komisches Gefühl. Ich habe mich gefragt: Verflixt, Germain, wozu machst du die Sachen?

Damit meinte ich die Sachen im Allgemeinen: die Tauben zählen, rennen, ohne Luft zu holen, Karten spielen, mit meinem Taschenmesser an Holzstückchen rumschnitzen. Ich fragte mich das in einem ganz ernsthaften Ton, man hätte meinen können, ich wäre jemand anders. Die Stimme des Herrn zum Beispiel, mit Verlaub und besten Grüßen an Ihn da oben. *Germain, wozu machst du die Sachen?* Das wirbelte in meinem Kopf herum. *Wozu, wozu, Germain? Wozu?*

Ich glaube, an diesem Abend hatte ich eine Art Intelligenzanfall. Vielleicht hatte ich schon früher ein paar davon. Als ich klein war. Aber damals hat man mich sicher sofort dagegen behandelt: »Geh spielen, zieh ab, nerv uns nicht mit deinen Fragen!«

Wenn du unter einer Glasglocke aufgezogen wirst, kannst du keine großen Höhenflüge machen.

Als ich Margueritte zum dritten Mal getroffen habe, war ich vor ihr da. Ich hielt die Bank besetzt und machte ein böses Gesicht, wenn eine Mutter mit ihrer Rasselbande oder ein Alter am Stock in meine Nähe kam. Ich wollte die Leute mit meiner finsteren Miene abschrecken, damit sie weitergingen und anderswo ihr Lager aufschlugen.

Das war unsere Bank, Marguerittes und meine, Punkt. Am komischsten war, dass ich tatsächlich auf sie wartete, auf meine kleine Tauben-Oma. Und als ich sie ganz am Ende der Allee auftauchen sah, auf ihren mageren Beinchen, mit ihrem geblümten Kleid, ihrer grauen Strickjacke und ihrer Tasche am Arm, ist mir ganz warm ums Herz geworden. Genau wie bei einem fünfzehnjährigen Bengel und seiner Flamme.

Na ja, nicht *genau* so. Aber Sie verstehen schon.

Sie hat mir mit den Fingerspitzen zugewinkt, da musste ich fast lachen. Wenn ich beschreiben müsste, was da zwischen uns ist, würde ich sagen: gute Laune, von Anfang an. Wir haben uns miteinander sofort wohlgefühlt. Glücklich.

Sie hat ihre Tasche abgestellt, sich hingesetzt und dabei alle Rockfalten schön um sich herumdrapiert: »Monsieur Chazes, was für eine nette Überraschung!«

»Wissen Sie, Sie können ruhig Germain zu mir sagen.«

Da hat sie gelächelt. »Wirklich? Das will ich mit dem größten Vergnügen tun, Germain, glauben Sie mir. Aber ich werde es mir nur erlauben, wenn Sie Ihrerseits bereit sind, mich Margueritte zu nennen.«

»Na ja, wenn Sie Wert drauf legen … Warum nicht?«

»Ich lege den allergrößten Wert darauf.«

»Na dann, also gut.«

»Haben Sie heute schon unsere Vögel gezählt?«

Sie sagte »unsere Vögel«, und es kam mir nicht mal komisch vor. »Ich hab damit auf Sie gewartet.«

Und das Schlimmste war, dass das stimmte.

Sie runzelte die Stirn, als ob sie über wichtige Dinge nachdenken würde. »Gut. Aber sagen Sie, Germain, wie wollen wir dabei vorgehen? Soll ich anfangen, und Sie zählen anschließend? Oder tun wir es laut gemeinsam? Oder möchten Sie lieber, dass wir leise zählen und dann unsere Ergebnisse vergleichen?«

»Jeder für sich im Kopf«, habe ich gesagt.

»Ja, Sie haben recht. So laufen wir nicht Gefahr, einander zu stören oder uns gegenseitig zu beeinflussen. Sie haben eine wissenschaftliche Ader, Germain. Das gefällt mir.«

Und da sie sich nicht über mich lustig machte, war ich sogar etwas stolz, was nicht oft vorkommt.

Wir haben sechzehn gezählt. Ich stellte ihr Rüpel, Kleine Graue, Filzlauser und zwei, drei andere vor, die sie noch nicht kannte. »Filzlauser« ließ sie mich wiederholen, das Wort kannte sie nicht.

»Filzlauser. Wie die Filzläuse.«

»Sie meinen … ähm … die Läuse im Schamhaarbereich?«

Sie schien etwas von der Rolle zu sein.

»Ja, genau. Aber so nennt man doch auch Kinder – Lausebengel, Lauser, Filzlauser … Wussten Sie das nicht?«

»Gütiger Gott, nein. Ich merke, dass ich noch nicht ausgelernt habe mit Ihnen … Aber warum nennt man Kinder denn so?«

»Na, weil sie klein sind, sich an einem festklammern und ziemlich nerven! Wenn man erst mal welche hat, wird man sie nicht mehr los, verstehen Sie?«

»Ach so … natürlich, ja! Daher der Vergleich mit der Phtiriasis.«

»Genau. Wie dieses … Dingsda, was Sie gerade meinten.« Ich war mir nicht ganz sicher, aber egal.

Sie lachte. »Nun, dank Ihnen ist das heute kein verlorener Tag. Ich habe etwas dazugelernt!«

»Ach, nicht der Rede wert. Man muss sich ja helfen.«

Eine Weile saß sie nur da, ohne was zu sagen. Dann, auf einmal, als würde es ihr siedend heiß einfallen: »Ach, fast hätte ich es vergessen …« Sie zog ein Buch aus ihrer Tasche. »Wissen Sie, Germain, dass ich gestern Abend an Sie gedacht habe, als ich noch einmal in diesem Roman las?«

»An *mich?*« Das haute mich um.

»An Sie, jawohl. An Sie und die Tauben. Ganz plötzlich, bei einem bestimmten Satz … Ich muss ihn unbedingt für Sie wiederfinden, warten Sie … Wo war er noch gleich? Ach, hier. Hören Sie: *Wie soll man auch das Bild einer Stadt ohne Tauben, ohne Bäume und Gärten vermitteln, wo einem weder Flügelschlagen noch Blätterrauschen begegnen, mit einem Wort, einen neutralen Ort?*«

Sie hörte auf zu lesen und sah mich an, stolz wie sonst was, als hätte sie mir gerade ein wunderbares Geschenk gemacht. Aber ich war ganz eingeschüchtert, ich bekomme nämlich nicht oft einen Satz geschenkt. Und es denkt auch nicht oft jemand beim Romanelesen an mich. »Könnten Sie das noch mal lesen? Nicht zu schnell, falls das möglich ist …«

»Natürlich … *Wie soll man auch das Bild einer Stadt ohne Tauben, ohne Bäume und Gärten vermitteln …*«

»Steht das so in dem Buch?«

»Ja.«

»Das ist gut gesagt. Das ist echt wahr! Eine Stadt ohne Bäume und ohne Vögel … Wie heißt denn das Buch?«

»*Die Pest*. Und der Autor heißt Albert Camus.«

»Mein Großvater hieß auch Albert … *Die Pest*, das ist ein komischer Titel. Worum geht es denn da?«

»Ich kann es Ihnen leihen, wenn Sie wollen.«

»Ach, wissen Sie … Lesen ist nicht so mein Ding …«

Sie klappte das Buch wieder zu und sah aus, als würde sie zögern. Dann fragte sie: »Möchten Sie vielleicht, dass ich Ihnen einige Auszüge daraus vorlese? Ich lese sehr gern vor, aber ich habe nicht oft Gelegenheit dazu. Wissen Sie, wenn ich hier allein auf meiner Bank laut lesen würde, würden sich die Leute bald Sorgen um meine geistige Verfassung machen.«

»Das stimmt! Ich will Sie nicht beleidigen, aber da würde man Sie sicher für eine übergeschnappte alte Oma halten …«

Sie lachte laut los. »Eine übergeschnappte alte Oma, genau! Das ist ein hübscher Ausdruck, wenn man jemanden für eine arme Irre hält, nicht wahr? Nun ja, wie auch immer … Wenn Sie also einverstanden wären, könnte ich Ihnen einige ausgewählte Passagen vorlesen. Sie würden mir als Alibi dienen, verstehen Sie? Aber ich möchte Sie nicht langweilen … Ich werde Ihnen selbstverständlich nur dann vorlesen, wenn Sie Lust dazu haben. Seien Sie also ehrlich: Würde es Ihnen Spaß machen?«

Ich habe ja gesagt. »Spaß« war vielleicht nicht ganz das richtige Wort, aber auf den ersten Blick war es eine Perspektive – *siehe: Aussicht, Möglichkeit* –, die mir nicht allzu nervtötend vorkam.

Manchmal höre ich mir im Radio Geschichten an, Hörspiele, während ich mit meinem Taschenmesser schnitze. Es hält die Ohren wirklich gut auf Trab.

Margueritte hat mit ihrer ruhigen, leisen Stimme angefangen zu lesen. Und dann – vielleicht war es die Geschichte, die sie mitriss, keine Ahnung – wurde sie immer lauter, und wenn mehrere Figuren vorkamen, änderte sie ihren Ton.

Wenn du hörst, wie gut sie das macht, kannst du dir noch so viel Mühe geben, lustlos und gelangweilt zu sein: Du sitzt einfach in der Falle. Ich war beim ersten Mal jedenfalls echt platt.

Die ersten zwei, drei Seiten im Buch übersprang sie und erklärte: »Wenn Sie nichts dagegen haben, steigen wir direkt in die Handlung ein.« Sie fügte hinzu: »Einleitungen fand ich schon immer etwas langweilig ... Also! Nur ein paar Anhaltspunkte vorab: Die Geschichte findet in Algerien statt, in Oran ...«

Wenn sie nur »in Oran« gesagt hätte, dann hätte ich so tun müssen, als ob ich wüsste, wo das ist. Algerien aber war klar: Youss hat es mir mal auf der Karte gezeigt, weil seine Eltern da geboren sind.

Aber sie wollte sowieso nicht mein Erdkundewissen überprüfen. Sie fing einfach an zu lesen, ganz ruhig, ohne mich irgendwas zu fragen: »*Am Morgen des 16. April trat Doktor Bernard Rieux aus seiner Praxis und stolperte mitten auf dem Treppenabsatz über eine tote Ratte. Vorerst schob er das Tier beiseite, ohne es zu beachten, und ging die Treppe hin-*

unter. Aber auf der Straße kam ihm der Gedanke, dass diese Ratte … «

Sie hatte kaum angefangen, da wusste ich schon, dass mir die Sache gefallen würde. Mir war noch nicht ganz klar, was das für eine Sorte Buch war, ob eher Horror oder Krimi, aber fest stand, dass sie mich volle Kanne erwischt hatte.

Ich sah sie vor mir, die krepierte Ratte. Ich sah sie!

Und auch die andere, die über den Flur kriecht und blutspuckend abkratzt. Und etwas später dann die Frau vom Doktor, die krank im Bett liegt.

»*Etwa um diese Zeit jedenfalls fingen unsere Mitbürger an, sich zu beunruhigen. Ab dem 18. nämlich spien die Fabriken und Lagerhäuser tatsächlich Hunderte von Rattenkadavern aus. In einigen Fällen war man gezwungen, die Tiere, deren Todeskampf zu lange dauerte, totzuschlagen.*«

Verdammt, was für eine Seuche! Ich stellte mir die verreckten Viecher vor, die die ganze Stadt überschwemmten und in allen Ecken rumlagen. Es war wie im Kino, nur dass es ganz für mich allein stattfand, in meinem Kopf. Wir saßen mitten im Park, Margueritte und ich, gemütlich im Schatten der Linde. Und um uns herum, wenn ich die Augen schloss oder einfach nur meiner Phantasie freien Lauf ließ, war da ein Riesenhaufen von Rattenleichen, ganz aufgebläht und stinkend, mit steif abstehenden Pfoten. Und andere, die überall rumquiekten und mit ihren nackten rosa Schwänzen um sich schlugen.

»*Aus den Verschlägen, den Untergeschossen, den Kellern, der Kanalisation kamen sie in langen, taumelnden Reihen, um ans Tageslicht zu wanken, sich um sich selbst zu drehen und in der Nähe der Menschen zu sterben.*«

Puh, grässlich, dieses Ungeziefer! Der bloße Gedanke daran machte mir Gänsehaut. Wenn es Viecher gibt, die mich so richtig anekeln, dann Ratten. Ratten und Kakerlaken. Kakerlaken sind auch widerlich.

Margueritte las ein paar Seiten, übersprang eine Passage und setzte etwas später wieder ein. Ich gab keinen Mucks von mir. Ich fragte mich nur, ob der Rattenbekämpfungsdienst der Stadt am Ende mit dieser Scheiße fertigwerden würde oder nicht. Wenn man nämlich weiß, wie die in den Rathäusern arbeiten … In unserem jedenfalls. Vielleicht ist es in Oran anders. Wenn ja, dann haben sie Glück. Ich will niemanden anschwärzen, aber wenn die Sache hier passieren würde, dann würden uns die Ratten fertigmachen. Und in dem Buch wurde dann auch noch der Hauswart krank und bekam Lymphknoten, die aus seinem Hals rausbeulten. Lymphknoten kenne ich, weil ich mir mal was Blödes eingefangen und sie dann gut gespürt habe, die Lymphknoten in der Leiste. Zumal der Weißkittel auch noch fest draufgedrückt hat, der Mistkerl.

Als Margueritte aufhörte zu lesen, wollte ich am liebsten, dass sie weitermacht. Aber da wir uns noch nicht so gut kannten, habe ich mich nicht getraut, sie darum zu bitten. Ich habe nur gesagt: »Interessant, Ihr Buch.«

Sie hat kurz genickt, um zu sagen, dass sie einverstanden war. »Ja, Camus war mit Sicherheit ein großer Autor.«

»Sein Vorname war Albert, nicht? Albert Camus?«

»Ganz recht. Haben Sie noch nie etwas von ihm gelesen? *Der Fremde*? *Der Fall*?«

»Äh … ich glaube nicht. Kann mich jedenfalls nicht erinnern.«

»Wenn es Ihnen gefallen hat, könnten wir die Lektüre in den nächsten Tagen wieder aufnehmen, was denken Sie?«

Ich dachte, das wäre okay, lieber jetzt als gleich. Andererseits hatte ich auch nicht vor, meine Tage auf Parkbänken zu verbringen und mir Geschichten vorlesen zu lassen, als wäre ich ein kleines Kind. Abgesehen davon, dass Kinderbücher selten mit toten Ratten vollgestopft sind.

Ich habe geantwortet: »Warum nicht? Ich habe nichts dagegen, bei Gelegenheit.«

Das war eine Art, ja zu sagen, ohne gleich übertrieben begeistert zu wirken.

Wir haben uns verabschiedet, ohne uns für einen bestimmten Tag wieder zu verabreden.

Ich habe sie ein Stück begleitet, die Allee entlang. Sie hat den Ausgang zum Boulevard de la Libération genommen. Ich gehe lieber über die Avenue des Lices, das ist kürzer. Jedenfalls dahin, wo ich hinwill.

Das ist relativ.

Unterwegs dachte ich an die Geschichte, die sie mir gerade vorgelesen hatte. Neben den Ratten gab es noch andere Stellen, die mir gut gefielen. Zum Beispiel die Sache mit dem Nachbarn, der sich umbringen will und mit Kreide auf seine Tür schreibt: *Herein, ich habe mich aufgehängt.*

Herein, ich habe mich aufgehängt! Das ist doch der Hammer, oder? Was der wohl im Hirn haben musste, dieser Camus, um sich solchen Wahnsinn auszudenken!

Obwohl das Leben manchmal ... Ich erinnere mich, dass sich unser Nachbar, als ich klein war, mit der Flinte in den Kopf geschossen hat. Lombard hieß er. Und weil er Angst hatte, dass seine Kinder ihn finden würden, wenn sie aus der Schule kämen, hatte er auch einen Zettel an die Haustür gehängt: *Bin einkaufen*. Und damit ihr Hund nicht weglief, hat er ihn mit sich im Haus eingeschlossen. Es war ein großer, böser, braungrauer Köter, eine Mischung aus Schäferhund und Deutscher Dogge. Als die Kinder aus der Schule kamen, haben sie die Nachricht von ihrem Vater gelesen, und dann haben sie den Köter von innen an der Tür kratzen hören. Sie wollten ihn rauslassen, aber es war abgeschlossen, und da hat der Junge zu seiner Schwester gesagt, sie soll sich nicht von der Stelle rühren und warten. Dann ist er ums Haus herumgegangen und von hinten durch ein Fenster eingestiegen. Er ist nicht wieder rausgekommen. Als die Mutter von ihrer Arbeit zurückkam und den Zettel gesehen hat und die Kleine, die ganz allein vor der Tür saß, ohne den Großen, da hat sie sich gesagt, hier stimmt was nicht, irgendwas ist faul.

Sie hat ihre Tochter zu uns rübergebracht und meine Mutter gebeten, auf sie aufzupassen. Ich weiß noch, dass mich das genervt hat, weil die Kleine die ganze Zeit nur geheult hat.

Zuerst haben wir nichts gehört. Dann das Schreien der Nachbarin. Und danach die Sirene der Feuerwehr. Und dann die der Polizei. Ich bin rausgegangen, um zu gucken, aber ich habe nicht viel gesehen, außer ein paar Leuten auf dem Rasen, die um eine zugedeckte Trage herum standen.

Später hat Madame Lombard meiner Mutter erzählt, dass sie ins Haus gekommen ist und ihren Jungen in der Küche gefunden hat. Er stand stocksteif vor der Leiche seines Vaters, der wirklich kein schöner Anblick war. Und der Hund hatte angeblich eine bis zu den Ohren mit Blut verschmierte Schnauze. Er hatte den Boden sauber gemacht, alles schön abgeleckt. Auch den Schädel von seinem Herrchen, wo er schon mal dabei war. Nicht die kleinste Spur von Blut war mehr da, kein Knochensplitter oder Hirnspritzer. Einwandfrei sah es aus. Blitzblank geputzt.

Er musste dann eingeschläfert werden, der Hund.

Die Frau ist danach völlig durchgeknallt. Jedes Mal, wenn sie auf der Straße einen Hund sah, versteckte sie ihre Kinder unter ihren Röcken und schrie: »Kommt her! Schnell! *Schneeell!*«, auf die Gefahr hin, dass sie sich in die Hose machten vor Schreck.

Dabei hatte der Kleine sowieso schon einen Knacks – kein Wunder bei so einer Geschichte.

Wenn der Vater einfach geschrieben hätte: *Herein, ich habe mich erschossen*, so wie bei Albert Camus, wäre dem Kleinen wenigstens die Überraschung erspart geblieben.

Man kann nicht immer an alles denken.

Margueritte hat mir *Die Pest* in ein paar Tagen fertig vorgelesen. Nicht alles natürlich. Teile daraus. Und ich muss sagen, im Großen und Ganzen fand ich es richtig gut. Mit total schrägen Figuren, man fragt sich, wo Camus die aufgegabelt hat. Der Typ namens Grand zum Beispiel, der ein Buch schreiben will, aber immer wieder nur den gleichen Satz hinkritzelt, abgesehen von zwei, drei geänderten Wörtern. Das hat mich an *Shining* erinnert, Sie wissen schon, diesen Film mit Jack Nicholson. Wo er auf seiner alten Schreibmaschine immer wieder dasselbe tippt, Hunderte von Malen, bevor er anfängt, mit der Axt auf Türen loszugehen. Die Geschichte hatte mich ganz schön mitgenommen, damals. Nicholson hat es verdammt gut drauf, Durchgeknallte zu spielen.

Um auf das Buch zurückzukommen, eins ist jedenfalls sicher: An den Tagen, wo Margueritte und ich uns *Die Pest* reinzogen, verging die Zeit auf der Bank schneller als sonst.

Eines Tages hat sie zu mir gesagt: »Sie sind ein echter Leser, Germain, wie ich sehe.«

Das hat mich erst mal zum Lachen gebracht, weil ich und Bücher … na ja, Sie wissen schon.

Aber sie meinte das ganz ernst. Sie hat mir erklärt, dass Lesen mit Zuhören anfängt. Ich selbst hätte eigentlich eher gedacht, mit Lesen. Aber sie hat gesagt: »Nein, nein, glauben Sie das nicht, Germain! Um Kindern das Lesen nahezubringen, muss man ihnen laut vorlesen.« Und sie hat hinzugefügt: »Wenn man das gut macht, dann werden sie davon abhängig, wie von einer Droge. Später, wenn sie größer sind, brauchen sie Bücher.«

Das hat mich überrascht, aber wenn ich es mir richtig überlegte, kam mir die Idee gar nicht so schlecht vor. Wenn man mir Geschichten vorgelesen hätte, als ich klein war, hätte ich meine Nase später vielleicht öfter in ein Buch gesteckt, statt aus bloßer Langeweile Dummheiten zu machen.

Deshalb habe ich mich an dem Tag, als sie mir das Buch dann schenkte, wirklich gefreut, auch wenn ich mich gleichzeitig schämte, denn wenn ich ganz ehrlich war, wusste ich, dass ich es nie lesen würde, weil es zu lang und viel zu kompliziert war.

Sie hat es mir einfach hingehalten, als wir gerade dabei waren, zu gehen: »Ich habe die Passagen, die wir zusammen gelesen haben, mit Bleistift angestrichen. Zur Erinnerung.«

Ich habe mich bedankt und gesagt, dass es nett von ihr wäre. Und dass ich mich freute.

Sie hat gelächelt. »Die Freude ist ganz auf meiner Seite, Germain, glauben Sie mir! Man darf Bücher nicht egoistisch lieben, Bücher genauso wenig wie alles andere. Wir sind nur auf Erden, um Dinge weiterzugeben, wissen Sie … Zu lernen, seine Spielsachen zu teilen, ist wahrscheinlich die wichtigste Lektion, die man sich im Leben aneignen muss. Im Übrigen wollte ich mich erbieten, Sie bei Gelegenheit mit ein paar anderen Texten bekanntzumachen, die mir am Herzen liegen. Wenn Sie es nicht leid sind, mir zuzuhören, natürlich … Möchten Sie?«

Es gibt Leute, denen kann man einfach nichts abschlagen. Sie schaute mich an mit ihren kleinen, freundlichen Augen, ihrem runzligen Gesicht und diesem zufriedenen Ausdruck, als hätte sie gerade einen tollen Witz gemacht oder irgendwem einen Klingelstreich gespielt. Ich habe mir gesagt, dass sie einer Menge Männer den Kopf verdreht haben musste, wenn sie sie einfach bloß fragte: »Möchten Sie?«, so wie mich gerade.

Ich habe nur genickt. Ich fühlte mich glücklich und dumm, das geht bei mir oft zusammen.

Ich schaute ihr nach, wie sie die Allee entlangging. Und blieb wie angewurzelt auf der Bank sitzen, das Buch in den Händen. Es war mein erstes Buch … ich meine: das erste, das ich geschenkt bekam.

Da ich nicht wusste, was ich damit anfangen sollte, habe ich es zu Hause erst mal auf den Fernseher gelegt. Aber am Abend, als ich gerade das Licht ausmachen wollte, um mich in die Falle zu hauen, habe ich es angeschaut. Es sah aus, als würde es auf mich warten.

Da habe ich wieder diese Stimme in meinem Kopf gehört. Sie sagte: *Verdammt, Germain, jetzt reiß dich zusammen! Es ist doch nur ein Buch.*

Ich habe es genommen und aufgeklappt, ohne mich gleich am Anfang aufzuhalten. Ich habe eine Stelle gesucht, die Margueritte angestrichen hatte, und bin auf den Satz gestoßen: *Am Morgen des 16. April trat Doktor Bernard Rieux aus seiner Praxis und stolperte mitten auf dem Treppenabsatz über eine tote Ratte.* Und als ich ihn gefunden hatte, war er fast einfach zu lesen, da ich ihn ja schon kannte. Um ihn noch besser wiederfinden zu können, habe ich ihn mit dem Leuchtstift unterstrichen, den ich für die Etiketten brauche, wenn ich auf dem Markt Gemüse verkaufe.

Dann habe ich gesucht: *Herein, ich habe mich aufgehängt.* Ich habe eine Weile gebraucht, aber es war eigentlich wie ein Spiel. Eine Schnitzeljagd. Noch heute ist *Die Pest* ein Buch, das ich nur in kleinen Häppchen lesen kann. Bei den anderen Büchern lasse ich nicht locker, auch wenn es schwer ist, auch wenn ich mich quäle – abgesehen vom Wörterbuch, das lese ich auch nicht ganz am Stück … Doch sonst versuche ich es auf jeden Fall.

Aber dieses Buch … Wie soll ich Ihnen das erklären? Ich werde es nie ganz von vorn bis hinten lesen. Weil die Version – *siehe: Lesart* –, die mir am besten gefällt, Margueritte's Version ist.

Eines Tages, nicht sehr lange nachdem ich *Die Pest* geschenkt bekommen hatte, war ich mit Marco und Landremont in Francines Kneipe. Wir spielten Karten, während die Nachrichten liefen. Sie zeigten einen Bericht über ein Land, ich weiß nicht mehr genau, welches. Jedenfalls eine Gegend, wo zurzeit einiges los ist, kriegsmäßig. Und jetzt hatte es da gerade ein Erdbeben gegeben, eine richtige Katastrophe mit einem Haufen Toten, nach den ersten Schätzungen.

Landremont hat gesagt: »Mannomann! Manche haben echt kein Glück, oder? In dieser Gegend kriegen die ständig was auf die Schnauze. Wenn es keine Bomben sind, die vom Himmel fallen, bricht ihnen das Dach über dem Kopf zusammen.«

Marco hat hinzugefügt: »Fehlt nur noch, dass die Cholera sie erwischt …«

»Oder die Pest, wie in Oran, in dem Buch von Camus!«, habe ich gesagt.

Landremont hat mir einen komischen Blick zugeworfen. Er hat den Mund aufgemacht, aber es kam nichts raus. Er hat sich zu Marco und Julien umgedreht, dann wieder zu mir. Und dann hat er wie nebenbei gefragt: »Du liest Camus?«

»Och … Nur *Die Pest*, nichts weiter.«

»Ach ja? Du hast *Die Pest* gelesen, ›nichts weiter‹? Du interessierst dich also auf einmal für Bücher!«

Die Art, wie er mit mir redete, brachte mich auf die Palme. Ich habe mein Bier ausgetrunken, bin aufgestanden und habe gesagt: »Du liest ja auch welche.«

Und als ich draußen war, habe ich gedacht: Beim nächsten Mal hau ich dir eine rein, wenn du so weitermachst, du Hund.

Um ihm »den Kopf zurechtzurücken«, wie meine Mutter gesagt hätte. Und da ich schon an sie dachte, habe ich mir gesagt, es wäre gut, sie mal wieder zu besuchen, solange sie noch lebt, irgendwann in den nächsten Tagen.

Meine Mutter lebt dreißig Meter von mir entfernt. Sie im Haus und ich im Garten … also im Wohnwagen, meine ich. Trotzdem könnten wir kaum weiter voneinander weg sein, wenn ich es mir so überlege.

Ich hätte mir natürlich eine eigene Bude suchen können, aber was hätte mir das gebracht? Ich brauche keinen Platz, außer für das Bett und eine Ecke, wo ich mich hinsetzen und mir was zu essen machen kann. Raum nehme ich sowieso genug ein. Man sagt mir oft, dass ein Wohnwagen bei meinem Körperbau ganz schön eng sein muss. Schon als Kind bin ich überall angestoßen, ich war immer viel zu groß für alles. Annette findet mich eine Wucht. Aber seit wann kann man einer verliebten Frau glauben? Sie wissen ja, wie die sind: Sie sehen in Ihnen den Schönsten, den Stärksten. Angeblich neigen Mütter auch dazu. Zumindest wenn sie diese Ader haben.

Ich bin wegen meinem Gemüsegarten geblieben. Den habe ich nämlich selbst angelegt, ganz allein. Ich habe den Boden mit dem Spaten umgegraben, was keine Arbeit für Schlappschwänze ist, das können Sie mir glauben. Ich habe den Zaun mit dem kleinen Tor gebaut, den Werkzeugschuppen, das Gewächshaus. Der Gemüsegarten ist mein Baby. Klingt vielleicht dämlich, ist mir aber egal. Ohne mich wäre er nicht auf der Welt. Ich lasse ein bisschen was von allem wachsen – Karotten, Steckrüben, Mangold, Kartoffeln, Lauch. Auch Salate: Kopfsalat, Friseesalat, Romana, etwas Batavia. Und auch Tomaten, vor allem Ochsenherz und Schwarze Krim, neben der Marmande natürlich. Ansonsten je nach Jahreszeit und Lust und Laune. Zwischen das Gemüse setze ich Blumen, für die Optik. Als ich mit dem Garten angefangen habe, war ich jung. Ich weiß nicht mehr genau, vielleicht zwölf oder dreizehn?

Meine Mutter schrie und zeterte damals, meinetwegen würde ihr Rasen jetzt aussehen wie eine Baustelle. Ihr »Rasen«? Von wegen! Die reinste Unkrauthalde!

Jetzt sagt sie nichts mehr. Aber sie kommt immer und klaut mir Gemüse, kaum dass ich ihr den Rücken gekehrt habe. Am Anfang habe ich geschimpft, aber im Grunde pfeife ich drauf. Ich habe sowieso zehnmal mehr Gemüse, als ich brauche. Manchmal verkaufe ich sogar welches auf dem Markt. Und meine Mutter bekommt auf diese Art etwas Bewegung, der Weg in den Garten und zurück, mit ihrem Korb. Das kann sie gebrauchen. Sie schnauft wie ein Walross, wird bestimmt mal am Herz oder an den Bronchien draufgehen. Oder an beidem. Was den Kopf angeht, ist sowieso schon alles zu spät. Aber der Kopf, das ist nicht tödlich: Man kann auch ohne ihn leben. Schlecht nur für die Leute drum herum.

An dem Tag, wo ich meiner Mutter gesagt habe, ich würde ans andere Ende des Grundstücks ziehen, in den Wohnwagen, da hat sie mich angeschaut, als ob ich verrückt wäre: »Ist dir nichts Besseres eingefallen, damit sich die Nachbarn das Maul zerreißen?«

Ich habe ganz ruhig gesagt: »Die Nachbarn können mich mal. Und ich weiß auch nicht, was sie dagegen haben sollten. Das ist doch unser Garten …«

Meine Mutter ließ sich aufs Sofa fallen, atmete schwer und presste eine Hand auf die Brust. »Was habe ich dem

Herrgott bloß getan, dass ich einen Sohn wie dich bekommen habe?«

»Dem Herrgott nichts.«

»Ach, geh doch weg! Du bringst mich noch ins Grab! Verzieh dich in deinen Wohnwagen!«

Ich habe sie da sitzen lassen und bin gegangen, ohne was zu sagen und mich noch mal umzudrehen.

Mir gefällt es in diesem Wohnwagen. Ich habe ihn weiß gestrichen und eine Pergola drübergebaut, um einen Weinstock daran hochwachsen zu lassen. Im Sommer hält sie schön kühl, und in der nassen Jahreszeit dient sie als Regenrinne. Der Wohnwagen gehört mir zwar nicht, aber es würde mich sehr wundern, wenn sein Besitzer käme, um ihn zurückzufordern. Wenn ihm was an seinen Kronjuwelen liegt, lässt er es jedenfalls besser bleiben.

Gardini heißt er. Jean-Michel Gardini.

Er tauchte eines Tages bei uns auf. Ich war noch klein, vielleicht neun oder zehn, nicht viel älter. Sicher ist, dass ich noch nicht mit meinem Gemüsegarten angefangen hatte und mehr oder weniger zur Schule ging. Das sind immerhin zwei Anhaltspunkte.

Der Typ kreuzte also eines Morgens auf und fragte meine Mutter, ob er nicht seinen Wohnwagen bei uns abstellen könnte, weil er für zwei Wochen in der Gegend wäre, »geschäftlich«, wie er sagte.

Ich weiß nicht, wie es Ihnen geht, aber mich macht ein Kerl, der in einem Eriba Puck schläft und behauptet, dass er geschäftlich unterwegs ist, misstrauisch. Jedenfalls wäre das heute so. Damals kam mir nichts komisch oder erstaunlich vor, ich war ja noch ein Kind.

Was seine Geschäfte betraf, haben wir später erfahren, dass er auf Märkten Modeschmuck verkaufte.

Wie auch immer, er stand also da und erklärte meiner Mutter, im Rathaus hätte man ihm von unserem großen Grundstück erzählt, und er würde gern ein Stück davon mieten, solange er da wäre. Und vielleicht könnte sie ja mittags auch für ihn kochen, er würde dafür ebenfalls bezahlen.

Wir nagten damals ganz schön am Hungertuch und hatten sonst kaum was zum Beißen. Meine Mutter hatte hier und da kleine Jobs, aber nichts Richtiges. Die Idee, ein Stück Brachland, das niemandem was nutzte – außer mir zum Spielen, aber ich zählte ja nicht –, zu vermieten und jemanden in Halbpension zu nehmen, schwarz und bar auf die Kralle, gefiel ihr auf Anhieb, und sie ließ sich die Sache durch den Kopf gehen. Aber nicht lange.

Ich glaube fast, sie hatte schon ja gesagt, bevor er mit seinem Satz zu Ende war.

Ich konnte diesen Gardini von Anfang an nicht leiden, er sah schon von weitem aus wie ein falscher Fünfziger. Er trug Angeberklamotten – taillierten Anzug, gestreifte Hemden –, Haare, die im Nacken zu lang waren und aus denen Schuppen rieselten. Er blies sich auf wie ein Frosch, aber er war nur ein kleines Arschloch, da kannte ich mich schon aus.

Ihm beim Essen gegenüberzusitzen war hart. Er fraß wie ein Schwein, wusch sich nie die Hände, wenn er vom Klo kam, aber das hinderte ihn nicht daran, sich aus dem Brotkorb zu bedienen, warum denn auch? Er redete die ganze Zeit mit vollem Mund, und ich verbrachte das Mittagessen damit, Parabeln zu berechnen – *Bahnen, die ein fliegendes Geschoss beschreibt* –, damit kein Bissen in meinem Glas landete.

Meine Mutter schnauzte mich an: »Germain, hör auf, so rumzuzappeln! Warum klammerst du dich an dein Glas, kannst du es nicht mal loslassen? Es wird dir schon keiner klauen. Ach, diese Kinder! Wenn Sie wüssten, Monsieur Gardini …«

»Nennen Sie mich Jean-Mi, Madame Chazes. Alle meine Freunde nennen mich Jean-Mi.«

»Aber das würde ich niemals wagen.«

»Auch nicht, wenn ich Sie darum bitte?«

»Na gut … Aber nur, wenn Sie Jacqueline zu mir sagen … Du fängst dir gleich eine, Germain!«

»Jacqueline? Das klingt charmant. Steht Ihnen gut … Sie sind sicher stolz auf so einen hübschen Namen.«

»O ja, das bin ich.«

Das war aber ganz was Neues, denn zu ihren Freundinnen sagte sie immer: »Jacqueline, das klingt nach alter Schachtel. Nennt mich lieber Jackie!«

Der Lackaffe hörte nicht auf, um sie herumzuscharwenzeln, ihr zu erzählen, dass sie kochte wie eine Königin, dass sie Sterne im *Michelin* verdienen würde, dass man sie unter die zehn Weltwunder aufnehmen sollte … So schleimte er von morgens bis abends rum. Kurz, nach ein paar Tagen verschlangen sie sich während des Essens fast mit den Augen und redeten kaum noch.

Am Anfang war ich ganz erleichtert, weil ich dadurch meinen Teller und mein Glas nicht mehr vor fliegenden Geschossen beschützen musste. Aber auch wenn ich klein war, war ich noch lange nicht blind. Wenn meine Mutter aufstand, um Brot zu holen oder den Weinkrug aufzufüllen, sah ich genau, dass Gardini ihr mit dem Blick folgte wie ein unglücklicher Hund, der dabei zuschauen muss, wie sich sein Fressnapf entfernt. Und dass er vor allem unter die Gürtellinie schielte.

Manchmal fing er gleich nach dem Käse an, auf seinem Stuhl rumzuhüpfen wie ein Maiskorn in der heißen Pfanne.

Am Ende sagte er: »Ich habe hübsche Sachen aus meiner Pariser Fabrik mitgebracht. Möchten Sie mal sehen?«

»Ich würde ja gern, aber Sie wissen doch, Jean-Mi, ich kann es mir nicht leisten …«

»Nur zum Augenschmaus!«

»Na gut, wenn das so ist …«

Und er flitzte los, zum anderen Ende des Grundstücks. Er kam mit dem großen Koffer zurück, den er immer auf dem Rücksitz seines Simca rumkutschierte und wo draufstand: *Brotard & Gardini – Echter Pariser Schick – Schmuck und Juwelen.*

In der Zwischenzeit hatte meine Mutter den Tisch abgeräumt. Gardini stellte seine Schatztruhe auf den Tisch und begann, seinen billigen Ramsch auszupacken und ihr die Ware anzupreisen.

»Hier, sehen Sie mal diese Halskette. Die ist echt versilbert, da ist der Stempel. Probieren Sie sie an! Kommen Sie, nur um zu sehen … Sie würde Ihren Hals so gut zur Geltung bringen.«

Ich fragte mich wirklich, warum er von ihrem Hals redete, denn es waren nie kurze Ketten, sondern ellenlange Modelle, die bis auf ihren Busen reichten.

Gardini war jedenfalls sehr hilfsbereit. Er sprang hinter sie und presste sich an ihren Körper. »Warten Sie, Jacqueline, warten Sie, ich werde sie Ihnen umlegen!«

Es schien ganz schön schwierig zu sein, so wie er sich hinter ihrem Rücken abmühte. Meine Mutter kicherte laut, und er wurde krebsrot und bekam eine komisch heisere Stimme.

Schließlich meinte meine Mutter zu mir: »Sag mal, Germain, es ist doch längst wieder Zeit für die Schule!«

Was mehr als verdächtig war, denn normalerweise war es ihr schnuppe, ob ich in die Schule ging oder nicht. Und dann fügte sie noch in einem merkwürdig netten Tonfall hinzu: »Los, los, du kommst sonst zu spät!«

Und ich sagte mir: »Frauen sind doch echt bescheuert. Es reicht eine Halskette, und sie sind wie ausgewechselt.«

Kinder sind eben noch unverdorben.

Dieser Gardini hatte sich schnell eingenistet. Er blieb vierzehn Tage, fuhr drei Tage wieder weg, kam zurück und so weiter. Er streckte seine Beine immer weiter unter den Tisch, fläzte sich immer breiter aufs Sofa. Und er hatte beschlossen, mich »an die Kandare zu nehmen«, wie er sagte.

Er fing an, mich rumzukommandieren: »Räum dein Zimmer auf! Deck den Tisch! Quatsch mich nicht voll! Geh schlafen!« Dann begann er, meine Mutter zu duzen und sich mit ihr Freiheiten rauszunehmen: »Der Braten ist versalzen. Bring mir ein Bier! Und wo bleibt mein Kaffee?«

Meine Mutter ist eigentlich eine brave Stute, aber man darf nicht zu fest an der Trense ziehen. Wir sind verdammt heißblütig in der Familie. Ich weiß nicht, ob ich Ihnen das schon gesagt habe: Meine Statur, die habe ich von ihr. Sie ist natürlich ein bisschen weiblicher gebaut. Aber im Verhältnis gar nicht mal so sehr. Gardini reichte ihr gerade bis zum Ohr, was nicht besonders viel ist, wenn man einen auf Macker machen will.

Kurzum: Was passieren muss, passiert. Das ist das Gesetz des Schicksals, und ich habe festgestellt, dass es auch im Schlechten gilt.

Eines Abends, ich weiß nicht mehr genau, was der Grund oder Vorwand war, hat er mir eine gescheuert. Und meiner Mutter fehlte zwar diese Ader, aber sie hatte immer einen ausgeprägten Sinn für ihr Eigentum. Die Einzige, die ihrem Sohn eine schmieren durfte, das war sie. Sie hat gesagt: »Du schlägst das Kind nicht!«

»Halt's Maul!«, hat der Typ zurückgebrüllt.

»Wie bitte? Was?«, hat meine Mutter gefragt. »Was hast du gesagt?«

»Du hast mich sehr gut gehört. Und geh mir nicht auf den Sack, ich schau mir das Spiel an.«

Meine Mutter hat den Fernseher ausgemacht.

Der Typ hat gebrüllt: »Mach ihn wieder an, verdammte Scheiße!«

»Nein.«

Da hat Gardini den Kopf verloren, er ist aufgestanden und hat gesagt: »Himmel Herrgott! Du hast es so gewollt.« Und er hat meine Mutter geohrfeigt, links und rechts.

Das war ein Fehler.

Meine Mutter ist ganz bleich geworden. Sie ist ohne ein Wort raus und direkt in die Garage. Dann ist sie mit einer Heugabel zurückgekommen. Und meine Mutter mit einer Heugabel, das ist nicht zum Lachen. Vor allem, wenn sie einem damit auf den Bauch zielt und mit ruhiger Stimme sagt: »Du packst jetzt deine Siebensachen und haust ab.«

Gardini wollte die Muskeln spielen lassen. Er ist mit erhobener Hand auf sie zu, um ihr zu drohen, so nach dem Motto: »Was ist, willst du noch eine? Hast du nicht genug?«

Da hat meine Mutter zugestochen, zack, in den Oberschenkel. Ein kräftiger, kurzer Stoß, wie beim Stierkampf. Das Blut hat nur so gespritzt, und er hat gebrüllt: »Verdammte Scheiße noch mal! Bist du verrückt geworden?!«

Meine Mutter hat gesagt: »Sieht wohl so aus ... Ich zähle bis drei. Eins ...«

Und Gardini hat sich auf der Anrichte die Schlüssel von seinem Simca geschnappt, ist rückwärts zur Tür gehumpelt und hat noch gesagt: »Denk nach, Jacqueline! Denk gut nach! Wenn ich jetzt gehe, siehst du mich nie wieder.«

»Ich habe schon nachgedacht. Zwei …«

»Ich verzeihe dir!«

Meine Mutter hat die Heugabel wieder auf ihn gerichtet und diesmal einen Tick höher gezielt: »Drei …«

Der Typ hat noch zwei-, dreimal »Verdammte Scheiße noch mal« gesagt, dann ist er den Gartenweg runtergerannt. Er hat sich ans Steuer von seinem Auto gesetzt, ihr noch mal die Faust gezeigt und gebrüllt: »Du kannst noch was erleben!« Dann ist er abgedüst – ohne seinen Wohnwagen, weil der an dem Morgen gerade abgekoppelt war.

Ein paar Tage später kam Monsieur Saunier, der damalige Bürgermeister, vorbei.

»Sag mal, ich bin hier, weil ein gewisser Gardini im Rathaus angerufen hat, wegen eines Wohnwagens, den du anscheinend eigenmächtig in deinem Besitz hältst.«

»Stimmt.«

»Er möchte ihn wiederhaben.«

»Dann soll er herkommen«, hat meine Mutter gesagt. »Er wird gut empfangen werden.«

»Du erscheinst mir feindselig, Jackie. Hast du ihm etwas vorzuwerfen?«

»Ja. Er schlägt meinen Jungen.«

»So!«, hat der Bürgermeister gemeint.

»Und mich.«

»Ach!«

»Und was willst du jetzt tun? Mir die Polizei auf den Hals hetzen?«, fragte meine Mutter.

»Warum denn? Du sagtest doch, der Herr würde gut empfangen werden, wenn er käme, oder?«

»Das habe ich gesagt.«

»Du hast mir gegenüber keine einzige Drohung ausgesprochen, was den Mann betrifft?«

»Nicht die geringste.«

»In diesem Fall ist das eine persönliche Angelegenheit und geht die Polizei nichts an. Du hast jedes Recht, einen Freund *gut zu empfangen*.«

»Stimmt. Wir leben schließlich in einer Demokratie.«

»Nun, dann ist das alles. Ach nein … Bevor ich gehe, fällt mir da noch was ein … Hast du zufällig eine Heugabel?«

»In der Garage.«

»Würdest du mir die mal leihen, sagen wir, für zwei oder drei Monate?«

Der Mistkerl hat ein paar Wochen lang jeden Abend bei uns angerufen, um meiner Mutter zu drohen. Dann immer seltener. Und irgendwann gar nicht mehr.

»Aber Jackie, was machst du denn, wenn er wiederkommt?«, fragten die Nachbarinnen.

Meine Mutter antwortete: »Nichts Gutes.«

Sie war noch nie besonders redselig.

Dieser Wohnwagen war erst meine Spielhütte und dann mein Liebesnest. Sehr praktisch. Und dann habe ich eines Tages beschlossen, meinen Hauptwohnsitz daraus zu machen.

Man muss dazusagen, dass meine Mutter unerträglich wurde.

Sie baute immer mehr ab, mit dreiundsechzig – wenn das kein Jammer ist. Sie redete nur noch mit ihrer Katze, und auch mit der faselte sie komisches Zeug. Sie interessierte sich für nichts mehr, außer für ihre Zeitschriften, verbrachte ganze Tage damit, Fotos von amerikanischen Schauspielern auszuschneiden, um sie dann in unsere Familienalben zu kleben. Ich habe sowieso kaum Erinnerungen, und die paar, die ich habe, bedeuten mir nicht viel, aber es ging mir dann doch auf den Senkel – höflich gesagt –, wenn ich nicht meinen Großvater oder meinen Onkel Georges in den Alben sah, sondern Tom Cruise oder Robert de Niro.

Wenn ich sie fragte, warum sie das machte, sagte sie: »Ich habe seine Visage satt.«

»Die von Onkel Georges oder die von Großvater?«

»Von beiden. Die nehmen sich nichts. Alles Dreckskerle.«

Irgendwann war für mich ein für alle Mal klar: Eltern sind dazu da, so schnell wie möglich verlassen zu werden. Der Herr möge so viel Undank verzeihen, aber Er hatte ja eine

Heilige als Mutter, deswegen kann Er das nicht so richtig beurteilen.

Ich rede von ganz normal verrückten Leuten wie meiner Alten.

In der Natur gibt es solche Probleme nicht. Wenn die Spatzen das Nest verlassen haben, kommen sie nicht mehr jedes Wochenende zum Mittagessen zurück – soweit ich weiß. Und die Spatzeneltern gehen ihnen nicht damit auf die Nerven, dass sie sagen: »Weißt du nicht, wie spät es ist? Wo hast du gesteckt? Tritt dir die Füße ab, bevor du reinkommst!« Die sind nämlich schlauer als wir, auch wenn es Tiere sind.

Ich beschloss also, meine Mutter zu verlassen. Aber weil sie gesundheitlich nicht gut in Schuss zu sein schien, habe ich damit noch ein bisschen gewartet – hätte ja sein können, dass das Haus frei wird. Außerdem hatte ich doch meinen Gemüsegarten. Falls Sie das nicht aus eigener Erfahrung wissen: Ein Garten kettet einen stärker an als eine verdammte Nabelschnur, wenn ich mich so ausdrücken darf, obwohl die Familienbande ja eigentlich was Heiliges sind – der Herr möge das aus Seiner Schlussbilanz streichen.

Dabei sagt Julien oft: »Du kannst machen, was du willst, Germain – deine Mutter ist deine Mutter. Man hat im Leben nur eine davon. Wenn sie mal nicht mehr ist, bist du der Erste, der heult, wirst schon sehen!«

Mich würde das wundern.

Wegen meiner Mutter heulen? Da müsste ich mich wirklich zwingen, dachte ich. Sie hat mich ja bloß ausgebrütet, und das auch nur, weil sie es nicht geschafft hat, mich rechtzeitig wegzumachen. Da blieb ihr ja nichts anderes übrig, als das Ei zu legen. Und dann sollte ich um sie weinen?

Wo bliebe denn da die Gerechtigkeit?

Heute weiß ich, dass man nicht immer alles erklären kann. Zum Beispiel Gefühle, die sind oft ganz irrational – *siehe: unvernünftig, abwegig, willkürlich.* Meine Mutter war wie ein spitzer Kieselstein in meinem Schuh. Eigentlich nicht schlimm, aber es reicht, um einem das Leben zu versauen.

Also habe ich eines Morgens beschlossen, die Kurve zu kratzen. Was das Fass zum Überlaufen gebracht hat: Als ich mitbekam, wie sie allein in der Küche stand und mit den Ameisen schimpfte, weil sie über ihre Spüle liefen und angeblich Dreckspuren hinterließen.

Da habe ich mir gesagt, dass das Maß ein für alle Mal voll und die Grenze überschritten war. Ich habe mir gedacht: Soll sie doch krepieren! Diesmal haue ich ab, es reicht.

Es hat mich ganz plötzlich gepackt, so wie wenn man dringend pinkeln muss, und auch mit dem gleichen Ergebnis, nämlich einer großen Erleichterung, als die Sache erledigt war.

Am Abend in der Kneipe habe ich es meinen Kumpels erzählt. Ich war sehr zufrieden mit mir. »Ich bin von zu Hause ausgezogen.«

Landremont hat die Arme in die Luft geworfen: »Ich glaub es nicht! Ein Wunder! Du hast es also endlich geschafft?«

»Tja.«

»Und wo schläfst du jetzt?«

»Im Wohnwagen.«

Julien fragte: »Im Wohnwagen? Stimmt eigentlich, ist gar nicht so dumm. Ich hätte zwar nicht gedacht, dass der noch fährt, aber egal … Wo stellst du ihn hin? Auf den Campingplatz?«

»Nirgendwo stelle ich ihn hin. Der bleibt da, wo er ist.«

Jojo lachte, und Landremont fasste sich mit beiden Händen an die Stirn.

Julien sagte: »Ach … Wenn ich dich richtig verstehe, bist du also von zu Hause ausgezogen, um dich am anderen Ende des Grundstücks niederzulassen, ja?«

»Genau! Warum?«

Julien schüttelte den Kopf.

Marco meinte: »Da hat er sich ja ganz schön freigestrampelt, unser guter Germain …«

Landremont lachte sich kaputt: »Freigestrampelt, genau, wie ein Wickelkind!«

Alle lachten, und ich lachte mit. Das ist meine Art, mich aus der Affäre zu ziehen, wenn ich was nicht mitkriege. Aber ehrlich, an dem Abend habe ich lange darüber nachgedacht, während ich mir was zu essen machte. Ich kapierte nicht, was die so komisch fanden, diese Idioten. Wo war das Problem, wenn ich von zu Hause abhaute, um in dem Eriba Puck zu wohnen? Der Abstand, der ist doch im Kopf. Ans andere Ende vom Grundstück zu ziehen war sozusagen eine *symbolische* Tat. Das ist es, was ich ihnen erklärt hätte, wenn ich dieses Wort parat gehabt hätte. Genau das hätte ich ihnen gesagt.

Der Wohnwagen, der war symbolisch.

Und außerdem war er praktisch, wegen der Nähe.

Einmal – ich weiß nicht mehr genau, warum –, da hat Margueritte mich gefragt: »Haben Sie Ihre Mutter noch, Germain?«

»Ja, immer noch.«

Ich hätte gern hinzugefügt: »Leider!« Aber ich habe mir gesagt, dass Margueritte das sicher nicht verstehen würde. Zumal sie im nächsten Moment geseufzt hat: »Ach, da haben Sie aber Glück.«

Was soll man darauf antworten?

Margueritte hatte ihre Mutter sicher schon lange verloren, bei ihrem Alter. Ich habe mir gedacht, vielleicht fehlt sie ihr ja, wer weiß. Vielleicht sind auch die Alten Waisen, wenn sie ihre Mutter verlieren.

Irgendwas musste da dran sein, weil sie als Nächstes anfing, mir aus einem Buch vorzulesen, das »eine großartige Mutterliebe beschreibt«, wie sie sagte. »Sie werden sehen, es ist sehr bewegend ...«

Frühes Versprechen heißt das Buch.

Am Anfang kam ich nicht so richtig mit, es ging irgendwie um Götter mit komischen Namen, Totosch und ein paar andere, ich weiß nicht mehr genau. Aber dann packte es mich doch, als der Held von seiner Berufung redete, die er mit dreizehn gespürt hat, nur dass es bei ihm nicht Kirchenfenstermacher war, sondern Schriftsteller, aber der Beruf ist ja auch nicht schlechter als irgendein anderer.

Margueritte hat noch ein Stück weiter vorgelesen.

»Nicht schlecht für eine ausgedachte Geschichte«, meinte ich.

Sie schüttelte den Kopf. »Eigentlich ist das eine Autobiographie.«

»Aha.«

»Mit anderen Worten, der Autor spricht von seiner wirklichen Kindheit, von seiner Mutter, von sich und vom Krieg, als er bei der Luftwaffe war. Er erzählt aus seinem Leben.«

»Ach?«

»Ja, wirklich. Er beschreibt, was er erlebt, was er empfunden hat.«

»Auch da, wo er davon redet, an ihrem Grab zu heulen wie ein Hund?«

»Wie ein Hund? Ich weiß nicht, was Sie ... Aber ja, natürlich! Ich glaube, ich erinnere mich ... Ich denke sogar, dass er genau mit diesen Worten ... Warten Sie, warten Sie, ich muss nachsehen ...«

Sie blätterte mit dem Daumen durch die Seiten, frrrrt!, wie ein Kartenspieler.

Und ich dachte mir, sie übertreibt, so schnell kann man doch gar nicht lesen, wenn man das Buch nicht mal richtig aufschlägt. Aber doch: Auf einmal hörte sie auf und rief: »Ich hab's! *Heulend wie ein herrenloser Hund kehrt man immer wieder ans Grab der Mutter zurück*! Tatsächlich ... Ich bin beeindruckt, Germain, Sie haben ein hervorragendes auditives Gedächtnis!«

»Ach was, ich kann mir nur ganz gut merken, was ich höre.«

Sie hat angefangen, die Stelle noch mal still zu lesen, ganz egoistisch.

Ich habe gesagt: »Könnten Sie vielleicht laut lesen?«

»Aber natürlich! Mit umso größerem Vergnügen, als es

sehr schön ist, hören Sie: *Es ist nicht gut, wenn man so jung, so früh, so sehr geliebt wird. Man nimmt schlechte Gewohnheiten an. Man glaubt, es geschafft zu haben. Man glaubt, es gebe dies alles woanders auch, man könne es jederzeit wiederfinden. Man rechnet damit. Man hält Ausschau. Man hofft. Man wartet. Mit der Mutterliebe macht dir das Leben in der frühesten Kindheit ein Versprechen, das es nie hält. Danach ist man gezwungen, bis an sein Lebensende kalt zu essen.*«

»Ach so, deshalb der Titel.«

»Hm?«

»Der Titel von dem Buch: *Frühes Versprechen*. Weil das Leben was verspricht, das es nicht hält. Deshalb hat er sein Buch so genannt, meinen Sie nicht? Wegen der Mutterliebe.«

»Aber ja! Vollkommen richtig! Unglaublich, dass ich dieses wesentliche Detail bei meinen früheren Lektüren nicht bemerkt habe.«

»Könnten Sie noch weiterlesen, bis zu dem Hund?«

»Bis zum Ende des Kapitels, das ist noch besser.«

»Einverstanden.«

»*Später sind es jedes Mal nur Beileidsbezeugungen, wenn dich eine Frau in die Arme nimmt und an ihre Brust drückt. Heulend wie ein herrenloser Hund kehrt man immer wieder ans Grab der Mutter zurück …* «

»Da: *wie ein Hund*, sehen Sie?«

»*… Nie mehr! Nie mehr! Nie mehr! Sanfte Arme legen sich um deinen Hals, und zarte Lippen sprechen von Liebe. Doch du weißt Bescheid. Du bist sehr früh zur Quelle gegangen und hast alles getrunken. Wenn du wieder durstig bist, magst du noch so überallhin stürzen, es gibt keine Brunnen mehr, es gibt nur noch Fata Morganas.*«

»Fata Morganas?«

»Das sind Luftspiegelungen, optische Täuschungen, die

einen Dinge sehen lassen, wo gar nichts ist. So wie im Sommer, wenn es heiß ist und man mitten auf der Straße Wasserpfützen zu sehen meint, wissen Sie?«

»Ach so, klar. Jetzt, wo Sie es sagen. Das wusste ich natürlich.«

»Und deshalb schreibt Romain Gary über die Liebe: *Es gibt keine Brunnen mehr, es gibt nur noch Fata Morganas …* Man meint, da sei Liebe, aber sie ist nicht wirklich da. Es ist nur eine Illusion.«

»Das ist bildlich gesprochen, nicht wahr?«

Sie hat das Buch in den Schoß gelegt. »Ja, es ist bildlich gesprochen, ganz genau. Man nennt das eine Metapher.«

»Eine was?«

»Eine Me-ta-pher. Ein sprachliches Bild, wenn Ihnen das lieber ist.«

Dann hat sie den Finger auf den Mund gelegt und lächelnd »pscht!« gemacht, bevor sie das Buch wieder in die Hände genommen hat. *»Ich sage nicht, dass man die Mütter daran hindern muss, ihre Kleinen zu lieben. Ich sage bloß, dass es besser ist, wenn Mütter noch jemanden zum Lieben haben. Hätte meine Mutter einen Liebhaber gehabt, hätte ich mein Leben nicht damit verbracht, ›verdurstend an jeder Quelle zu sterb'n‹. Unglücklicherweise kenne ich mich mit echten Diamanten aus.«*

Ich habe mir gesagt: Dieser Monsieur Gary und ich, wir hatten wirklich nicht die gleiche Erziehung, obwohl uns immerhin zwei Sachen verbinden: ein Vater, der nicht da war, und eine Mutter, die zu viel qualmte.

Ich fand auch, dass er etwas übertrieb. Seine Alte derart zu lieben, das gibt's doch gar nicht.

Margueritte schien weit weg, sie sah froh aus und wiederholte leise: *»Es gibt keine Brunnen mehr, es gibt nur noch Fata Morganas …«*

»Und wenn es umgekehrt ist?«

Margueritte zog eine Augenbraue hoch. »Umgekehrt?«

»Wenn die Quelle vertrocknet war, wenn es keinen Brunnen gab, was weiß ich. Sie verstehen schon …«

»Wenn man nicht geliebt wurde, meinen Sie?«

»Ja, mal angenommen. Was wäre dann?«

Sie hat eine Weile überlegt. Dann meinte sie: »Nun, wenn Sie … also wenn jemand in seiner Kindheit nicht genug geliebt wurde, könnte man in einem gewissen Sinn sagen, dass ihm noch alles zu entdecken bleibt.«

»Das wäre doch im Grunde besser. Weil Ihr Gary, der wirkt ja verdammt hoffnungslos, wenn er von Frauen redet. Allein schon seine Idee mit dem Hund, der am Grab heult … War der Typ nicht zufällig ein bisschen depressiv?«

»Er hat sich umgebracht.«

»Na also, sag ich doch! Ich glaube, wenn seine Mutter ihn etwas härter rangenommen hätte, dann wäre es vielleicht nicht so weit gekommen.«

»War Ihre Mutter streng mit Ihnen?«

»Meine? Der war ich scheißegal.«

Margueritte hat ihr Buch in die Tasche gepackt und geseufzt. »Ich bedaure Sie. Es gibt nichts Schlimmeres als Gleichgültigkeit. Vor allem von der eigenen Mutter.«

»Ach, was soll's. Sie hat eben diese Ader nicht.«

Margueritte hat keine Kinder. Dabei bin ich mir sicher, dass sie es gut gehabt hätten mit einer Mutter wie ihr, die ihnen zwischen zwei Reagenzgläsern von Kultur erzählt hätte und von Camus – in Kurzform, ohne die Längen. Aber sie sind nicht geboren, deshalb wissen sie auch nicht, was sie alles verpasst haben. Während es bei mir genau umgekehrt ist, wenn Sie verstehen, was ich meine. Ich bin hier zufällig geboren und dann aus Gewohnheit geblieben.

Die Leute sollten sich nur dann Kinder anschaffen, wenn sie wirklich welche gebrauchen können. So ein Kind, das verlangt einem noch viel mehr ab als zum Beispiel ein Hund. Und man wird es auch nicht so leicht wieder los – man kann es ja nicht einfach am Straßenrand aussetzen, außer man will für eine Weile in den Knast ... bildlich gesprochen, aber das haben Sie sicher schon verstanden.

Dadurch, dass ich Margueritte getroffen habe und mit ihr über das Leben und solche Sachen reden kann, sehe ich auch meine Mutter mit anderen Augen. Lieben tue ich sie deshalb nicht gleich, man muss es ja nicht übertreiben. Aber sie tut mir irgendwie leid, das schon. Als Mensch, meine ich. Denn sie und ich, wir haben uns zwar viel angeschrien, vor allem sie mich, und mit der Faust gegen die Wände gehauen, vor allem ich. Aber trotzdem bleibt sie meine Mutter. Julien hat schon recht, auch wenn es mir nicht passt.

Sie hat mich nicht gewollt, das ist sicher. Sie hat mich

an den Hals gekriegt, so wie ein Algerier die Pest. Ich bin ein Unfall, eine Panne. Sie hätte mich natürlich trotzdem lieben können, solche Fälle gibt es. Zum Beispiel Julien. Wenn er uns von David erzählt, seinem ältesten Sohn, sagt er immer: »Mein Junge ist ein Silvesterschaden.« Aber wenn man ihn dann mal sieht mit seinem Knirps: Mann, ist der vernarrt in ihn.

Dass ich selbst kein Kind habe, ist wohl ein Glücksfall … wie man so sagt, Sie wissen schon. Ich glaube, ein Kleines hätte mir gefallen. Wenn ich Annette manchmal so anschaue, sage ich mir, dass sie schön wäre, schwanger. Und noch viel schöner mit einem Baby auf dem Arm. Einem von mir, meine ich. Aber was hätte ich dem Kind schon zu geben? Ein tolles Geschenk wäre das, ein Vater wie ich, ganz ohne Schulabschluss. Ein Typ, der mit fünfundvierzig noch kein einziges Buch gelesen hatte, bis zur *Pest* von Albert Camus. Ein armer Kerl, der nicht mal in der Lage ist, einen anständigen Satz zu bilden, ohne dass ein Haufen schmutziger Wörter drinsteckt.

Außer dass ich das Kind zum Angeln mitnehmen und ihm zeigen könnte, wie man schnitzt und dabei die Astknoten und die Faserrichtung beachtet, hätte ich ihm nichts zu bieten. Ich wäre kein gutes Vorbild. Ich könnte es nicht richtig erziehen.

Dabei würde es sich Annette wünschen, dass ich sie dick mache. Manchmal im Bett nimmt sie meine Hand, legt sie an die Stelle unter ihrem Bauchnabel und flüstert mir ins Ohr: »Machst du mir heute ein Kleines?«

Und wenn ich fühle, wie sie sich so sanft und warm an mich drückt, weich wie ein Daunenkissen, dann könnte ich ihr gleich ein ganzes Dutzend machen, und ich bin mir sicher, dass ich sie alle lieben würde.

Annette hatte schon mal eins. Sie hat es als Säugling verloren, wegen irgendeiner blöden Krankheit, Genaueres weiß ich nicht. Sie redet nie darüber. Auch wenn ich ein Mann bin, glaube ich, dass ich mir vorstellen kann, was es für eine Frau heißt, ihr Baby zu verlieren. Seitdem ist sie voller Tränen und voller Liebe, mit der sie nicht weiß, wohin. Vielleicht ist sie deshalb so schön. Der Schmerz gerbt einem das Fell manchmal so durch, dass man danach ganz schmiegsam und weich ist. Meine Mutter ist ein perfektes Beispiel für das Gegenteil: zäh wie Leder, sanft wie Schmirgelpapier.

Aber es stimmt natürlich auch, dass das Leben ihr nichts geschenkt hat. Ich war ihr von Anfang an eine Last, und sobald man ihr den Bauch angesehen hat, ist sie von zu Hause rausgeflogen und wurde als Hure beschimpft. Bei ihrer Mutter war die mütterliche Ader anscheinend auch nicht besonders ausgeprägt.

Vielleicht steckt die Liebe zwischen Mutter und Kind in der Erbmasse – *Gesamtheit der Erbanlagen* –, wie Margueritte sagt, wenn sie wissenschaftlich redet. Bei meiner Mutter war da jedenfalls nicht viel angelegt.

Ich weiß noch, wie sie den Nachbarinnen von meiner Geburt erzählte, als ich klein war: »Zehn Stunden habe ich gebraucht! Zehn Stunden, in denen ich schlimmer gelitten habe als ein Tier. Er wollte einfach nicht rauskommen, so dick war er. Fünf Kilo, könnt ihr euch das vorstellen?! Fünf Kilo! Ist euch klar, was das bedeutet? Schaut her: Das ist, wie wenn ich zwei Liter Milch nehme, plus ein Paket Zucker, ein Paket Mehl, ein Pfund Butter und hier, noch die drei Zwiebeln dazu. Was für eine Quälerei. Zehn Pfund! Man musste ihn mit der Zange rausziehen und mich danach wieder zusammenflicken. Deshalb ist für mich nach dem hier Schluss, nein danke, nie wieder! Vor allem, wenn man sieht, was man davon hat, was die einen kosten …«

Immer wenn ich das hörte, fühlte ich mich schuldig. Ich sah diese ganzen Lebensmittel auf dem Tisch liegen, Milch, Zucker, Zwiebeln, einen vollen Einkaufskorb, und in meinem Kopf drehte sich alles: fünf Kilo, fünf Kilo, zehn Pfund, fünf Kilo …

Ich wäre am liebsten zusammengeschrumpft und verschwunden.

Aber es war wie verhext, je weniger Platz ich brauchen wollte, desto mehr wuchs ich in alle Richtungen. Vor allem die Füße. Was hat meine Mutter rumgezetert in den ganzen Jahren, weil sie mir alle drei Monate neue Schuhe kaufen musste: »Begreifst du eigentlich, was du mich kostest? Wenn das so weitergeht, schicke ich dich barfuß in die Schule. Barfuß, du wirst schon sehen!«

Ich hätte die Zehen ja gern zusammengekrümmt, so wie die alten Chinesinnen – darüber habe ich mal eine Reportage gesehen –, aber zu enge Schuhe tun einfach zu doll weh. Außerdem nutzen sie sich am Ende sowieso alle ab. Und dann platzen sie eines schönen Morgens auf, entweder über dem großen Zeh oder unten an der Sohle oder gleich eine ganze Seitennaht lang.

Meine Mutter brüllte dann immer, sie hätte es mir ja gesagt. Und es wäre doch verdammt noch mal nicht möglich: Schuhe, die man gerade neu gekauft hätte! Ich würde das doch mit Absicht machen! Ich wäre nur auf der Welt, um ihr Ärger zu machen und sonst gar nichts.

Dann seufzte sie, prüfte meine Treter, bis sie ganz sicher war, dass sie nicht mehr zu retten waren, und schleifte mich am Ende zum Schuhpalast. Sie schob mich in den Laden und rief laut, um die Klingel zu übertönen: »Monsieur Bourdelle?!«

Und der kurzbeinige Verkäufer, der sich in einer Ecke des Ladens hinter einem Perlenvorhang versteckte, antwortete: »Komme schon …! Zu Ihren Diensten!« Er schoss aus seinem Kabuff hervor und stürzte mit gieriger Miene auf mich zu. Er kam mir vor wie eine dicke Spinne, die es auf eine Fliege abgesehen hat. Ich konnte den Kerl nicht ausstehen.

Er zog mir die Schuhe aus, statt mich das selbst machen zu lassen. Er schwitzte wie ein Schwein und hatte feuchte Hände. Er betatschte meine Flossen und sagte: »Jaaa, er hat einen kräftigen Fuß. Einen richtig kräftigen Fuß, das ist sicher. Schauen wir mal … 39, 40? Jawohl! 40! Nicht schlecht für sein Alter! Wenn das so weitergeht, wird der Junge Sonderanfertigungen brauchen.«

Ich hätte ihm am liebsten eine reingehauen, wenn ich alt genug gewesen wäre. Aber mit zehn ging das einfach nicht. Und später, als ich es gekonnt hätte, war es nicht mehr aktuell. Das Alter lässt die Rachsucht der Menschen manchmal abklingen, anders als bei den Elefanten.

Meine Mutter suchte immer das Billigste und Hässlichste aus. »Geben Sie mir was Robustes, Monsieur Bourdelle, damit es diesmal etwas länger hält …«

Es klang, als würde sie die Schuhe selbst tragen wollen.

Der Verkäufer wischte sich den Schweiß von der Stirn und sagte: »Sie haben Glück, Madame Chazes! Ich habe gerade etwas reinbekommen, das wird Ihnen gefallen. Ein ganz neues Modell, das den Knöchel gut stützt. Gute Passform, synthetische Kreppsohle, und italienische Ware dazu!«

»Na dann«, meinte meine Mutter. »Wenn es italienische Ware ist, nehme ich sie. Aber wissen Sie, für den da ist nichts strapazierfähig genug ...«

Der da, das war ich.

Bourdelle ging nach hinten, um in den Ladenhütern zu kramen, dann kam er mit seinem aalglatten Lächeln zurück und meinte, ich hätte Glück, weil genau meine Größe noch auf Lager wäre.

»Sie werden sehen, ich lüge nicht! Schauen Sie, wie modisch die aussehen! Die jungen Leute mögen es so sportlich.«

Und aus einer grauen oder braunen Schachtel holte er ein paar Quadratlatschen hervor, echte Pfaffentreter. Er versuchte sie mir an den Fuß zu zwängen: »Mach dich nicht so steif, mein Junge! Drück die Ferse rein! Sooo, sehr gut! Na, was habe ich Ihnen gesagt? Passt wie angegossen, in Größe 40!«

Meine Mutter zweifelte. »Lassen Sie mal sehen.«

Sie rümpfte die Nase, kniff die Lippen zusammen, wiegte den Kopf wie jemand, dem man nicht so leicht was vormacht. Und am Ende sagte sie immer: »Wissen Sie, was? Geben Sie mir lieber eine Größe darüber, dann bleibt noch was zum Reinwachsen.«

Und so ging ich mit viel zu großen Schuhen wieder raus und trug sie, bis sie endlich aus allen Nähten platzten.

Schon ulkig, die Erinnerungen, die man aus der Kindheit behält. Die Latschen, in denen ich erst hin- und herrutschte und mir die Sohlen heißlief, bis sie anfingen, mir die Zehen zu zerquetschen und Blasen zu scheuern. Das und auch die viel zu kurzen Hosen, die mir nicht mehr über die Knöchel reichten, und die Freunde, die sich über mich lustig machten: »He, Chazes! Hast du Hochwasser?«

Ganz zu schweigen von der monatlichen Sitzung im Salon Chez Mireille, die meiner Mutter die Farbe machte und den Omas ihre Lockenwickler reindrehte. Ich schämte mich schon, wenn ich den Laden betrat. Alle anderen Jungs gingen zu Monsieur Mesnard, dem Friseur von ihrem Vater. Aber weil ich ja keinen Vater hatte, musste ich zur Friseuse.

Man setzte mich auf den Stuhl direkt am Schaufenster. Es kam mir so vor, als würde an diesen Tagen das ganze Dorf auf der Straße entlangmarschieren. Als würden mich alle sehen können, mit meinen in der Luft baumelnden Füßen, den nassen, angeklebten Haaren und dem Mittelscheitel. Das Lehrmädchen legte mir ein rosa Handtuch um die Schultern. Sie drückte ihren dicken Busen an meinen Rücken, immerhin. Und dann schnitt man mir die Haare mit der Schere, nicht mit der Haarschneidemaschine wie bei allen anderen in meiner Klasse. Der Schnitt war vielleicht gar nicht mal so übel, aber wenn ich da raus war, kam ich mir lächerlich vor, was die Hölle ist, auch wenn es einen nicht umbringt, wie man so sagt. Ich würde aber sagen, doch: Lächerlichkeit tötet. Auf ganz kleiner Flamme.

Natürlich war ich nicht der Einzige in meiner Klasse, der in schäbigen Klamotten rumlief. Aber die Sorgen der anderen, falls Sie das noch nicht bemerkt haben, trösten einen nicht. Man fühlt sich noch nicht mal weniger allein. Manchmal sogar ganz im Gegenteil.

Landremont, der viel erzählt, wenn der Tag lang ist, sagt immer: »Was dich nicht umbringt, macht dich stark.«

Das soll also das Leben sein: Entweder du bist stark, oder du bist tot?

Was für eine Scheißauswahl.

Meine Mutter und ich, wir reden nicht viel miteinander. Wir gehen uns lieber aus dem Weg. Von Zeit zu Zeit schaue ich nach, ob die Haustür offen ist, ob Wäsche auf der Leine hängt. Aber ich muss sie nicht sehen, um zu wissen, was sie tut. Das kann ich mir vorstellen. Morgens um acht geht sie im Bademantel runter, barfuß in ihren Schlappen. Sie macht sich Kaffee ohne Zucker, isst das Brot von gestern mit gesalzener Butter und guckt dabei ihre Fernsehserie. Sie spült ihr Frühstücksgeschirr ab und geht dann wieder hoch, um sich schönzumachen. Wenn sie dann wieder runterkommt, hat sie Wimperntusche und Rouge im Gesicht und ist mit Parfum besprüht. Meine Mutter liebt Parfum. Sie benutzt immer welches, aber nicht zu viel. Es bleibt erträglich. Mich würde es stören, wenn sie ordinär daherkäme, schließlich ist sie meine Mutter. Vor dem Spiegel im Flur richtet sie sich die Haare ein bisschen und sagt: »Tja, auch nicht mehr die Jüngste«, oder: »Na, ich sehe heute vielleicht wieder aus«, und seufzt dabei. Danach geht sie einkaufen.

Sie wirkt überhaupt nicht wie dreiundsechzig, sondern älter. Das macht die Einsamkeit. Vielleicht auch die zwei Schachteln Zigaretten, die sie jeden Tag qualmt. Dabei weiß sie genau, dass Rauchen tötet, so wie es zur Sicherheit auf den Schachteln steht, die im Müll landen.

Auf dem Rückweg vom Lebensmittelladen geht es ungefähr fünfhundert Meter bergauf. Wenn sie dann zu Hause ankommt, ist sie ganz außer Atem.

Als ich klein war, habe ich manchmal zu ihr gesagt: »Mama, du sollst nicht rauchen.«

Und sie darauf: »Du machst mich krank, viel kränker als meine Zigaretten, also spar dir deine Ratschläge. Und nenn mich nicht Mama, du weißt genau, dass ich das hasse!«

»Ja, Mama.«

Sie glaubte, dass ich sie provozieren wollte. Aber ich habe es einfach nie geschafft, Jacqueline oder Jackie zu ihr zu sagen. Ich habe es versucht, aber es ging nicht. Entweder Mama oder gar nichts.

Gar nichts ging aber auch nicht.

Bei Francine ist was passiert. Nicht in der Kneipe, sondern bei ihr selbst.

Neulich Abend bin ich gegen sieben Uhr hin. Sie stand ganz allein hinterm Tresen und trocknete Gläser ab. Ich stützte mich mit den Händen auf der Theke ab und beugte mich rüber, um sie mit zwei Küsschen zu begrüßen. »Hallo, alles klar?«

Ich habe sofort gemerkt, dass das die falsche Frage war, weil man aus der Nähe genau sah, dass überhaupt nichts klar war. Francine hatte eine rote Nase und ganz kleine Augen.

Da habe ich das Ruder rumgerissen und es noch mal probiert: »Hallo, stimmt was nicht?«

»Kann man so sagen«, hat sie mit piepsiger Stimme geantwortet.

»Bist du krank?«

Sie hat den Kopf geschüttelt. »Nein, nein.«

»Was denn dann? Man könnte ja fast meinen, du hättest jemanden verloren …«

Da ist sie in Tränen ausgebrochen und einfach weggerannt, Richtung Hinterzimmer.

Ich blieb verwirrt stehen, wie ein begossener Pudel.

Jojo kam aus der Küche und wedelte mit der Hand, was wohl heißen sollte: »Halt einfach die Klappe.«

Ich habe geflüstert: »Was ist denn los?«

»Youss ist weg.«

»Wo ist er hin?«

»Was weiß ich? Weg eben. Sie hatten gestern Abend Streit, als wir zugemacht haben. Er hat eine neue Flamme. Francine kommt damit nicht klar. Deshalb dreht man das Messer besser nicht in der Wunde rum, verstehst du?«

Ich verstand genau, zumal wir seit bald drei Jahren Wetten darüber abschließen, wie lange die Geschichte wohl halten wird. Francine ist für ihr Alter sehr gut in Schuss, aber sie könnte Youss' Mutter sein, wenn sie früh genug mit der Fortpflanzung angefangen hätte. Sechzehn Jahre Unterschied, stellen Sie sich das mal vor! Und dann auch noch eifersüchtig! Sie konnte es nicht mal haben, wenn sich irgendein Mädchen ihren Kerl nur ein bisschen genauer ansah.

Youssef war nicht der Typ, der jedem Rock nachlief, aber es ist doch menschlich, für einen Mann, dass er sexuelle Versuchungen erlebt. Solange es der Hygiene nicht schadet, ist das schließlich kein Verbrechen.

Jojo fügte noch hinzu: »Ich verrate es dir, aber es bleibt unter uns, ja? Die neue Flamme ist Stéphanie.«

»Ach du Scheiße!«

»Das kannst du laut sagen, aber pscht!«

Stéphanie ist ein ganz junges Ding, gerade mal achtzehn. Francine lässt sie manchmal am Tresen arbeiten, wenn viel los ist.

Als Francine schniefend wieder zurückkam, habe ich sie getröstet, so gut ich konnte.

»Wirst sehen, er hat sie sicher bald satt, seine Stéphanie! Und Youss ist doch ein Pantoffelheld, er hängt an seinen Gewohnheiten. Er weiß genau, dass in alten Töpfen das beste Essen gekocht wird.«

Francine hat mich ganz ungläubig angeschaut, »Oooh …« gemacht und ist wieder heulend rausgerannt.

Jojo hat die Arme ausgebreitet. »Himmel Herrgott, du bist echt nicht zu übertreffen!«

»Ach, ist doch ganz normal, wenn man helfen kann.«

Als sie zurückkam, habe ich Francine weiter gut zugeredet, habe ihr gesagt, dass es die innere Schönheit ist, die zählt, auch wenn sie nicht mehr ganz frisch ist. Als Beispiel habe ich ihr von Monsieur Massillon und seinem schwarzen Simca Versailles von 1956 erzählt, der aussieht wie ein dicker Ozeandampfer, aber man kann sich über ihn lustig machen, so viel man will – man hat ihm für die Kiste über 7000 Euro geboten, also bitte!

Sie hat viel geweint, die arme Francine.

Die Frauen sind so, sie müssen immer in Tränen zerfließen. Am Ende habe ich sie in Jojos Armen zurückgelassen, weil es langsam peinlich wurde: Jedes Mal, wenn ich irgendwas sagte, um sie aufzumuntern, ging die Flennerei wieder von vorn los. Es gibt Leute, die können nicht anders, die sind für Trost nicht zugänglich.

Jojo meinte, ich bräuchte nicht gleich wiederzukommen, damit sie sich beruhigen könnte.

»Keine Sorge«, sagte ich. »Ich muss sowieso noch was einkaufen.«

»Ja genau, geh einkaufen! Und lass dir Zeit!«

Also ließ ich ihn mit Francine allein. Ich fühlte mich ganz nachdenklich nach dieser Geschichte.

Die Sorgen der anderen sind im Grunde etwas Nützliches: Man kann sich freuen, dass man nicht die gleichen hat. Aber man kriegt Panik bei dem Gedanken, dass sich das ändern könnte.

In dem Fall sagte ich mir, auch wenn es dafür noch keine

Anzeichen gibt, dass es mit Annette und mir eines Tages genauso aussehen wird. Sie ist sechsunddreißig, ich bin fünfundvierzig. Irgendwann werden wir nicht mehr auf der gleichen Wellenlänge sein.

Das ging mir im Supermarkt alles noch im Kopf rum.

Annette und ich, wir verabreden uns nicht, das ist nicht nötig. Mal ist sie da, wenn ich bei ihr vorbeischaue, mal nicht. Und umgekehrt genauso. Wir sind freie Menschen.

Die Freiheit ist eine Sache, die mir wichtig ist, auch wenn ich nie so genau weiß, was ich damit anfangen soll.

Ich hänge sehr an meiner Unabhängigkeit. Vor allem in meinem Verhältnis zu Frauen – und wenn ich *Verhältnis* sage, dann meine ich das natürlich im Sinn von: *Beziehung zwischen Menschen*, aber auch im besonderen Sinn: *intime Beziehung, Liebesverhältnis*.

Lange Zeit fand ich die Frauen lästig, weil sie nach den Zärtlichkeiten immer gleich mit ihren Interviews anfangen, wenn man einfach nur in Ruhe daliegen will: »Liebst du mich? Denkst du manchmal an mich? Und wenn du an mich denkst, was denkst du da? Fehle ich dir, wenn ich nicht da bin?«

Ich muss dazusagen, dass es mir verdammt schwerfiel, den Unterschied zwischen *lieben* und *vögeln* zu erkennen. Was für Liebesbeweise wollten sie denn noch, nachdem sie gerade das Beste von mir bekommen hatten?

Es war vor allem das »Liebst du mich?«, das mir die Kehle zuschnürte. Wie Sie wissen, traue ich den Wörtern nicht so richtig. *Lieben,* das ist ein gewaltiges Wort, daran muss man gewöhnt sein. Wenn es einem von klein auf jeden Tag vorgesagt wurde, dann bringt man es sicher leichter raus. Aber wenn man es bis ins Erwachsenenalter nicht gehört hat, dann ist es zu groß, um rauszukommen, es bleibt einfach stecken.

Die Mädchen im Allgemeinen sind anders als wir. Ihre Liebe ist anhänglich, sie überschütten einen mit Zärtlichkeiten, die sich anfühlen können wie Handschellen und die dazu führen – bei mir jedenfalls –, dass man am liebsten abhauen will. Deshalb schätze ich meine Annette umso mehr. Sie liebt mich einfach, und das ist schon mal ein großer Pluspunkt für sie, denn normalerweise löse ich nicht gerade stürmische Leidenschaft aus. Und sie verlangt keine Gegenseitigkeit – *siehe: wechselseitiges Verhältnis*.

Zwischen uns beiden gibt es also kein Gerechtigkeitsproblem.

Eines Tages hat sie zu mir gesagt: »Ich habe Glück, dass es dich gibt.«

»Warum?«

»Weil ich dich liebe.«

Was wollen Sie da machen? Früher hätte ich mich über so was kaputtgelacht. Ich hätte es abends in der Kneipe erzählt. Aber an dem Tag, wo sie mir das gesagt hat, hatte ich schon angefangen, mir Gedanken über das Leben zu machen. Ich hatte ganz neue Sachen erlebt, Gefühle, vor allem wenn wir Liebe machten. Deshalb habe ich ihr zugehört, ohne zu antworten. Ich habe nicht gelacht. Ich glaube, ich fing an, den Unterschied zwischen Sex und Liebe zu begreifen. Und – das nur nebenbei gesagt, für diejenigen, die die Erfahrung noch nicht selbst gemacht haben – der Unterschied ist ganz leicht zu erkennen: Wenn man liebt, dann bekommen die Dinge eine weniger komische Seite. Eine ernste Seite sogar. Man denkt an den anderen, und auf einmal wird einem ganz schummerig, und man sagt sich: »Mannomann!«

Und das kann einem verdammt Angst einjagen, glauben Sie mir.

Ich hätte schon früher hellhörig werden können, nämlich dann, als ich angefangen habe, in meinem Inneren »Liebe machen« zu denken, zum Beispiel: »Ich würde gern mal wieder mit Annette Liebe machen« statt »eine Nummer schieben« oder so.

»Liebe machen«, das ist wirklich ein Frauenausdruck, von dem ich nie geglaubt hätte, dass ich ihn mal benutzen würde. Aber man soll ja niemals nie sagen.

Oder dass ich Annette manchmal plötzlich vor Augen hatte, egal zu welcher Tages- oder Nachtzeit, mit ihren verschwitzten Haarsträhnen über der Schläfe, ihrer Angewohnheit, sich auf die Lippen zu beißen, wenn es lustvoll wird, den kleinen Schreien, die sie dabei ausstößt, all so was. Oder dass ich sie mir überhaupt vorstellte, nicht nur im Bett, und mir sagte, dass sie schön ist.

Am komischsten war es, als ich aufgehört habe, sofort aufzustehen, wenn wir miteinander geschlafen hatten. Als ich angefangen habe, ganz ruhig bei ihr liegen zu bleiben, mit ihrem Kopf auf meiner Schulter, ohne dass ich Lust hatte, abzuhauen oder sie aus dem Bett zu schmeißen. Da habe ich kapiert, dass ich auf eine schiefe Bahn geraten war. Ich habe mir gesagt, dass ich aufpassen musste. Dass ich ihr nicht zu deutlich zeigen durfte, wie wohl ich mich mit ihr fühlte. Ihr nicht zu viele Schwächen zeigen, einfach nicht zu weit aus der Deckung rausgehen.

Landremont sagt oft: »Es gibt nichts Gefährlicheres für einen Mann, als sich zu verlieben.«

Ich antworte darauf: »Worte, nichts als Worte!«

Erstens war Landremont wahnsinnig in seine Frau verliebt. Und zweitens ist er ein Idiot, das habe ich Ihnen ja schon gesagt.

Auch bei Margueritte habe ich am Anfang total aufgepasst. Ich wollte ihr nicht gleich zeigen, dass ich sie witzig fand und dass sie mir lauter Sachen beibrachte. Ich wollte auch nicht zu vertraulich werden, was ganz gut war, weil sie selbst ebenfalls eher zurückhaltend und etwas zugeknöpft blieb. Freundlich, verstehen Sie? Aber höflich.

Normalerweise nehme ich mich vor solchen Leuten in Acht. Leuten wie Jacques Devallée oder wie Berthaulon, dem neuen Bürgermeister, die so kompliziert daherreden, dass vor lauter Schnickschnack gar nichts mehr übrig bleibt. Wenn die dich verarschen wollen, dann machen sie das so höflich, dass du dich am Ende noch dafür bedankst.

Bei mir ist das anders. Ich bin nicht »wohlerzogen«. Nach mir hat man zu Hause mit Steinen geworfen wie nach einem streunenden Köter. (Das ist natürlich bildlich gesprochen. Meine Mutter war zwar plemplem, aber so schlimm dann doch wieder nicht.)

Deswegen bin ich nicht immer ganz salonfähig. Die Leute finden mich etwas grob, ich weiß. Wenn ich mich ausdrücken will, merke ich, dass ich die anderen schockiere. Ich sehe, wie sie leicht den Mund verziehen oder die Nase rümpfen, als würde was stinken.

Das Problem ist: Ich sage das, was ich denke, mit den Wörtern, die ich gelernt habe, und das begrenzt die Sache natürlich etwas. Wahrscheinlich wirke ich deshalb zu direkt, weil ich immer ganz geradeaus rede. Aber warum soll man das Kind nicht beim Namen nennen? Ein Arschloch ist ein Arschloch – ich kann doch nichts dafür, dass es diese Wörter gibt. Ich benutze sie, das ist alles. Kein Grund, sich künstlich aufzuregen.

Gleichzeitig habe ich deshalb Komplexe. Nicht unbedingt, weil von fünfzehn Wörtern, die ich sage, zwölf unanständig sind, sondern, weil fünfzehn Wörter nicht immer genug sind, um alles zu sagen.

Landremont meint, die Macht wird immer den Rednern gehören. Und darauf reitet er ewig rum, er haut auf den Tisch und macht ein zufriedenes Gesicht, weil er sich selbst ganz klar dazuzählt: »Den Rednern, Germain …! Hörst du? Den Red-nern!«

Aber er kann sich aufspielen, wie er will, deswegen ist er noch lange nicht der König der Welt.

Er redet besser als ich, klar. Aber was hat er davon, wenn er eigentlich nichts zu sagen hat?

Kurzum: Auch wenn Margueritte ganz harmlos wirkte mit ihrem freundlichen Gesicht und ihren Schachtelsätzen, sagte ich mir, dass auch sie mich eines Tages bestimmt behandeln würde wie einen armen Trottel. Aber sie hat immer mit mir geredet, als wäre ich jemand.

Und das, verstehen Sie, das macht einen ganz neuen Menschen aus einem.

Wenn Margueritte von sich erzählt, sieht sie so glücklich aus, das können Sie sich nicht vorstellen. Ihr Leben muss süß wie Marmelade sein, so sehr leuchten dann ihre Augen.

Meins schmeckt eher wie Kotze, und das ist jetzt nicht bildlich gesprochen.

Margueritte ist in der ganzen Welt rumgekommen. Wüsten, die Savanne und was es sonst noch alles gibt. Wenn man sie so sieht mit ihrem Blümchenkleid, ihren dünnen Beinchen und ihrem frommen Gesicht, dann sagt man sich, sie muss früher Nonne, Krankenschwester oder Lehrerin gewesen sein. Aber nein, sie zog los, um bei den Kopfjägern zu leben, sie schlief unter Moskitonetzen. Ich muss lachen, wenn ich nur dran denke. Ich schaue sie an und sage mir, diese kleine Alte, die ist schon wer!

Sie erzählt von unglaublichen Abenteuern und sagt, dass alles, was passiert, dazu da ist, uns als Lehre oder Beispiel zu dienen und uns daran wachsen zu lassen. Was das Wachsen angeht, habe ich eigentlich genug. Aber die Sache mit der Lehre, die beginne ich langsam zu verstehen, glaube ich.

Wenn alles immer einfach wäre, gäbe es dann überhaupt noch Glück? Es muss entweder wie ein Geschenk vom Himmel fallen oder hart erarbeitet werden, denn wenn es nicht mehr selten oder teuer wäre, dann wäre ja der ganze Reiz weg. Das ist nicht sehr gut gesagt, aber Hauptsache, ich mache mich verständlich. Glücklich sein, das hat viel mit Vergleichen zu tun.

Und außerdem gibt es eine Menge Leute auf der Welt, für die das Glück auf ähnliche Weise ausstirbt, wie die Jíbaros, die Gorillas oder das Ozon aussterben. Es bekommen nicht alle gleich viel ab. Das wäre ja bekannt, wenn das so wäre.

Das Glück ist eben nicht kommunistisch.

Eines Tages habe ich Margueritte von all den Fragen erzählt, die mir in letzter Zeit durch den Kopf gehen – seit ich sie kenne, glaube ich, aber das habe ich mich nicht zu sagen getraut.

Ich habe erklärt, dass ich daran nichts ändern könnte, es käme mir hoch wie der Knoblauch von der Lammkeule: lauter *Wies* und *Warums*, dass mir fast der Schädel platzt.

Margueritte hat gelächelt.

»Warum lächeln Sie?«

»Weil Sie sich so viele Fragen stellen ... Das gehört zum Wesen des Menschen.«

Ich hätte fast gesagt, dass das Wesen des Menschen dann wohl vor allem bei den Frauen zu finden ist, denn die brüten zehnmal am Tag eine ganze Kiste voller Fragen aus. Aber ich wollte sie schließlich nicht beleidigen, deshalb meinte ich nur: »Na ja, solange ich Antworten finde ...«

Sie hat genickt. »Tja, Antworten werden Sie nicht immer finden. Aber was zählt, sind die Fragen, meinen Sie nicht auch, Germain?«

Oje, dachte ich, wenn ich jetzt meine Meinung sagen soll, kann das ja heiter werden. Aber gleichzeitig – das ist das Erstaunliche – kann man Margueritte nicht ohne Antwort lassen. Wenn Sie sie sehen würden ... Sie hat so eine Art zu warten, mit ihrem artigen Gesichtsausdruck, beide Hände flach auf ihrem Kleid, den Rücken kerzengerade ... eine Art zu sagen: »Meinen Sie nicht auch, Germain?«, dass man sich gezwungen fühlt, irgendwas zu ihrer Frage zu denken. Egal was, aber schnell, verdammt! Wenn man nämlich nichts sagen würde, käme man sich vor wie ein Verräter. Wie ein unfähiger Weihnachtsmann, der am Heiligabend mit leeren Händen dasteht.

Also habe ich geantwortet: »Na ja, wenn man seine Zeit damit verbringt, sich Fragen zu stellen, ohne darauf Antworten zu bekommen, dann weiß ich nicht, was das bringen soll, ehrlich gesagt.«

»Aber ich bin mir sicher, dass Ihnen das schon oft so ergangen ist.«

»Was?«

»Nun ... Hatten Sie noch nie das Gefühl, dass Sie nicht alles verstehen? In einem Gespräch, zum Beispiel?«

Volltreffer, habe ich gedacht. Sie hat also endlich kapiert, dass ich ein armer Trottel bin. Das hat mich ziemlich runtergezogen.

Sie hat hinzugefügt: »Was mich angeht, bekomme ich jedes Mal Lust, die Lösung zu finden, wenn mir das passiert. Ich habe das Syndrom des Unkrautjätens!«

»Das was?«, habe ich gefragt (wegen dem ersten Wort, *Unkrautjäten* kenne ich).

Sie hat gelacht. »Das Syndrom des Unkrautjätens: Sobald ich auf ein Problem stoße, versuche ich, es auszudünnen und zu vereinzeln.«

Ausdünnen und *vereinzeln* kenne ich auch: Ich dünne zum Beispiel meine Radieschen aus und vereinzele sie.

»So ist das bei mir: Ich habe immer das Bedürfnis, zu verstehen«, fuhr Margueritte fort. »Und das Gleiche mache ich mit Wörtern. Ich liebe Wörterbücher!«

»Ich auch«, sagte ich, um ihr eine Freude zu machen,

man ist schließlich kein Unmensch. Aber gestimmt hat es kein bisschen. Wenn es ein Buch gibt, das mich krank macht, dann das Wörterbuch.

Sie bekam ganz große Augen: »Sie auch …?«

Ich war froh, dass ich die richtige Antwort gefunden hatte und sie sich darüber so freute.

»Ja, ja«, meinte ich ohne großen Nachdruck. Sie sollte nicht anfangen, mir Fangfragen zu stellen, um zu sehen, ob ich es zu Ende gelesen hatte.

Aber sie nickte nur.

Danach sind wir von Thema zu Thema gesprungen und schließlich bei den Tauben und den Tieren im Allgemeinen gelandet. Und am Ende holte ich eine kleine Katze aus meiner Tasche, die ich aus einem Stück Apfelbaumholz geschnitzt habe, das mir Marco gegeben hatte.

»Oooh …!«, rief Margueritte. »Das ist aber hübsch! Wunderhübsch! So fein gearbeitet, so gut beobachtet!«

»Ach, nicht der Rede wert …«

»Doch, doch, Germain, ich versichere Ihnen, die Katze ist zauberhaft.«

»Na, dann bitte! Nehmen Sie sie! Ich schenke sie Ihnen.«

»O nein, das kann ich nicht annehmen!«, sagte sie und streckte gleichzeitig die Hand nach ihr aus. »Sie müssen Stunden dafür gebraucht haben …«

»Ach was, das ging ruck, zuck.«

Was auch wieder nicht stimmte, ich hatte an dieser Katze mindestens zwei Tage gearbeitet. Vor allem an den Ohren und den Pfoten, für den letzten Schliff. Ich sagte das nur, um es ihr leichter zu machen, und es funktionierte: Sie hat sich dann nicht mehr so geziert.

Wenn man zu sehr zeigt, dass man an etwas hängt, dann hindert das die Leute manchmal daran, es anzunehmen.

Die Art, wie man schenkt, ist mehr wert als das, was man schenkt: Das sagte meine Mutter immer, die nie irgendwas geschenkt hat.

Ich weiß nicht, warum ich das mache. Die Schnitzerei, meine ich. Ich habe damit angefangen, als ich mein erstes Opinel-Taschenmesser hatte, so mit zwölf, dreizehn. Das hatte ich im Tabakladen entdeckt, in so einem Verkaufsständer mit Glastür. Ein verdammt schönes No. 8, Stahlklinge, Griff aus Buche. Mann, wie oft ich von dem geträumt habe, wenn ich jetzt so daran denke!

Es ist ulkig, es gibt Sachen, die werden einem so wichtig wie Menschen. Ich habe das mit einem Teddybär erlebt, als ich klein war. Patoche hieß er. Er war furchtbar hässlich, mit einem angenähten Auge, und ganz abgeschabt. Aber er war mein Teddy. Ich hätte nicht ohne ihn schlafen können, das wäre so gewesen, wie wenn ein Bruder gestorben wäre.

Manchmal sage ich mir, dass es für Annette vielleicht genauso ist. Ich muss so was wie ihr Teddybär sein, deshalb sieht sie mich mit den Augen des Herzens.

Jedenfalls, was dieses Taschenmesser angeht, mit dem runden Griff und dem drehbaren Sicherheitsring, da gab es nur noch dieses eine. Ich wusste ganz genau, was ich mit ihm anfangen würde. Wenn es meins wäre, könnte ich es zum Angeln mitnehmen, zum Beispiel. Ein Messer ist beim Angeln sehr nützlich. Es kann dazu dienen, Schilf zu schneiden, beim Essen weniger blöd auszusehen, sich gegen eine Schlange zu wehren und Forellen auszunehmen. Nur hätte ich mein Sparschwein schlachten können, sooft ich wollte, es war sonnenklar, dass ich im Leben nicht genug zusammenbekommen würde, um es mir zu kaufen. Aber wie der Herr es verkündet hat, oder vielleicht auch einer seiner Apostel: *Wohl dem, der die Gunst der Stunde nutzt!*

Deshalb habe ich das Messer eines Morgens, als ich für meine Mutter Zigaretten holte, aus seinem Ständer genommen. Ich habe die Gunst der Stunde genutzt, damit es nicht immer nur die Gleichen sind, die es gut haben.

Diese Verkaufsständer, die lassen sich mir nichts, dir nichts öffnen. Wenn ich einen Laden hätte, würde ich da aufpassen wie ein Luchs.

Das Messer habe ich mindestens zehn Jahre gehabt. Dann habe ich es eines Morgens auf dem Weg zum Angeln verloren, aus reiner Blödheit. An dem Tag wäre ich besser zu Hause geblieben. Man wird eben doch immer bestraft für seine Dummheiten. Andererseits ... wenn das wahr wäre, müssten sich viele Leute ernsthaft Sorgen machen.

Im Grunde glaube ich, ich schnitze so gern, weil es meine Hände ablenkt.

Ich denke über dieses Wort nach, *unkultiviert – unbebaut, siehe: brachliegend*, das mir eines Tages durch den Kopf ging, als ich mit Margueritte redete. Und an den Zusammenhang, den es zwischen der Kultur der Bücher und der Bodenkultur gibt.

Wenn ein Feld nicht kultiviert wird, heißt das nicht, dass es nicht geeignet ist für Kartoffeln oder so was. Man sollte auch nicht glauben, dass der Boden vom Umgraben besser wird. Es bereitet ihn bloß darauf vor, das Saatgut aufzunehmen, es lockert ihn auf. Aber wenn der Boden zu sauer oder zu kalkig oder zu arm ist, dann wird nicht viel angehen, egal was man tut.

Ich weiß schon, was Sie mir antworten wollen. Sie wollen sagen: »Und was ist mit Dünger?«

Dazu erkläre ich Ihnen was: Sie können ganze Düngerladungen verteilen – wenn die Erde schlecht ist, bleibt sie schlecht. Gut, am Ende ernten Sie vielleicht im Schweiß Ihres Angesichts drei, vier Kartoffeln, so groß wie Murmeln. Wenn Sie dagegen eine fette Erde haben, schwarz, mit schweren Klumpen, die an den Fingern kleben bleiben – die wird auch ohne Dünger was hergeben.

Dazu kommt natürlich die Erfahrung des Gärtners. Und das Wetter, das nur von unserem Herrn abhängt, der es regnen lässt, wann es Ihm passt. Und die Mondphasen, denn man muss schön blöd sein, um bei zunehmendem Mond zu pflanzen, wenn man Wurzeln haben will – Rote Bete, Karotten, Zwiebeln –, oder bei abnehmendem Mond, wenn man Blätter ernten will – Salat, Spinat, Kohl –, da erzähle ich Ihnen ja nichts Neues. Ganz abgesehen von den Tricks, die man nicht verrät, außer man liegt auf dem Sterbebett, so wie die besten Pilzstellen, und hier klopfe ich gleich dreimal auf Holz. Der Herr möge über meine Gesundheit wachen und meine Kräfte erhalten.

Und das alles bringt mich zu dem Schluss, dass es bei den Menschen ganz genauso ist: Wenn man unkultiviert ist, heißt das nicht, dass man nicht kultivierbar ist. Man muss nur an einen guten Gärtner geraten. Wenn es ein schlechter ist, der keinen grünen Daumen hat, verdirbt er einen.

Und ich sage das nicht nur wegen diesem Mistkerl von Monsieur Bayle, der sicher nicht wusste, welche Mondphasen die richtigen zum Aussäen sind, wenn ich mich im übertragenen Sinn – *siehe: symbolisch* – ausdrücken darf.

So, das waren zwei, drei Gedanken, die mir gekommen sind, als ich nicht darauf geachtet habe.

Überlegen hilft mir beim Denken.

Ein paar Tage nach dem Gespräch über Fragen, Antworten und Wörterbücher war Margueritte schon da, als ich zu unserer Bank kam, und neben ihr lag ein Päckchen, in hübsches Geschenkpapier eingewickelt.

Ich habe so getan, als ob nichts wäre, und mich ganz normal neben sie gesetzt.

Sie hat auf das Päckchen gezeigt und gesagt: »Das ist für Sie!«

»Für mich?«

Ich hatte nicht Geburtstag, aber ich freute mich, klar: Es ist immer schön, was geschenkt zu bekommen, wenn man es nicht erwartet … Wahrscheinlich auch dann, *wenn* man es erwartet. Aber damit habe ich eben nicht besonders viel Erfahrung.

Margueritte hat ein bisschen den Kopf geschüttelt. »Es ist eigentlich kein richtiges Geschenk. Es ist etwas, das mir selbst lange gehört hat und das ich sehr oft benutzt habe …«

»Aber warum?«

»Warum was?«

»Warum schenken Sie mir etwas?«

Sie hat ein überraschtes Gesicht gemacht. »Meinen Sie nicht, dass man jemandem ohne Grund etwas schenken kann, einfach um ihm eine Freude zu bereiten? Sie haben mir doch selbst erst letzte Woche dieses entzückende Kätzchen aus Apfelbaumholz geschenkt, ganz spontan.«

Margueritte hat irgendwie eine andere Art zu denken als die Leute sonst. Als die, die ich kenne, jedenfalls. Ich kann mir nicht vorstellen, dass Landremont oder Marco mir irgendwas zustecken und sagen: »Da, Germain … einfach so, um dir eine Freude zu machen.«

Wobei ich mir umgekehrt auch nicht vorstellen kann, ihnen ein geschnitztes Kätzchen zu schenken. Nicht mal spontan. Wir sind schließlich Männer.

Weil meine Mutter mir nie irgendwas geschenkt hat, erwarte ich auch von meinen Geburtstagen nicht viel. Wenn ich mich so umschaue, sehe ich bloß Annette, die mir was schenken könnte, unter dem Vorwand, dass sie mich liebt.

Weil ich dasaß, ohne ein Wort zu sagen, hat Margueritte mich gefragt: »Wollen Sie denn nicht wissen, was es ist?«

»Doch, natürlich!«

Als ich es in die Hand nahm, habe ich gleich gewusst, dass es ein Buch war. Mist. Ich habe es trotzdem aufgemacht und dabei versucht, interessiert dreinzuschauen, denn einem geschenkten Gaul … Aber es war noch viel schlimmer als ein Buch: Es war ein Wörterbuch!

Ach du Scheiße, habe ich gedacht. Was soll ich denn damit?

Ich habe mich bei Margueritte bedankt. Aber ehrlich gesagt, es fiel mir ziemlich schwer.

Und sie, mit ihrem Gesicht, als hätte sie einen guten Aprilscherz gelandet: »Nun, ich stelle mit Erleichterung fest, dass Sie sich freuen! Ich hatte nämlich Angst, mich zu täuschen, indem ich es Ihnen schenkte.«

»Ähm … Eine Superidee! Ich brauchte sowieso gerade ein neues.«

»Ach ja? War Ihres abgelaufen?« Sie begann plötzlich zu lachen.

Ich mag es gern, wenn sie lacht. Gleichzeitig ist es beunruhigend. Ich habe immer Angst, dass ihr die Luft wegbleibt. So alte Leute lachen erst los, dann husten sie wie ein Dieselmotor, verschlucken sich und kratzen plötzlich ab. Um sich kaputtzulachen, braucht man Übung, sonst ist es gefährlich.

Andererseits, es gibt schlimmere Arten zu sterben.

»Germain, wissen Sie, wozu Wörterbücher *wirklich* gut sind?«

Ich hätte gern geantwortet: »Um einen wackligen Tisch abzustützen«, aber ich habe gesagt: »Um schwierige Wörter zu verstehen.«

»Auch, ja … Aber nicht nur. Sie dienen vor allem dazu, zu reisen.«

»…?«

»Stellen Sie sich vor, Sie suchen ein Wort, ja? Ein Wort, das Sie ›schwierig‹ finden, zum Beispiel.«

Das war nicht schwer vorzustellen.

»Gut. Sie haben es also gefunden, und da sehen Sie neben seiner Definition den Buchstaben *S.*, gefolgt von einem oder mehreren anderen Wörtern. Dieses *S.* bedeutet ›Siehe‹, aber es könnte auch ›Suche nach neuen Welten‹ heißen. Es wird Sie zwingen, weiterzublättern, nach neuen Hauptwörtern, Eigenschaftswörtern oder Tätigkeitswörtern zu suchen, die Sie ihrerseits weiter auf die Reise schicken werden, hinter anderen Wörtern her …«

Sie war plötzlich ganz aufgeregt. Die Alten amüsieren sich anders als wir, das schwöre ich Ihnen.

Und ich meinte: »Ja, ja, klar, wem sagen Sie das?«, und schaute auf meine Fußspitzen.

»Ein Wörterbuch ist nicht einfach nur ein Buch, Germain. Es ist viel mehr als das. Es ist ein Labyrinth … Ein großartiges Labyrinth, in dem man sich voller Glück verirrt!«

Ich kenne mich mit Labyrinthen nicht sonderlich gut aus – abgesehen von dem Labyrinth im *Schloss des Todes*, das sie auf dem Rummel zu Sankt Johanni aufbauen, zwischen der Geisterbahn und der Achterbahn, aber wenn es das war, verstand ich den Zusammenhang mit ihrem Wörterbuch nicht so richtig, und auch nicht die Sache mit dem Glück.

Deshalb habe ich nur genickt und »Mh-hm« gesagt, nichts weiter.

Sie hat noch ein bisschen rumgesponnen, dann hat sie sich wieder beruhigt, und wir konnten endlich über andere Sachen reden, vor allem über ihre Studien der Traubenkerne, die so was wie kleine Schachteln sind, bestehend aus dem *Integument, das ein Endosperm und einen Embryo umschließt*.

Was ein Embryo ist, weiß ich von den Hühnereiern und den Babys her, und das erinnerte mich plötzlich wieder an Annette. Ich werde doch noch hingehen und ihr eins machen, es hilft ja nichts.

Das Endosperm dagegen hat mich an gar nichts erinnert.

Ich meinte zu Margueritte, mit Traubenkernen könnte man zum Beispiel Traubenkernöl machen.

Sie sagte: »Aber ja, das ist völlig richtig!« Und die Kerne würden noch weitere Substanzen enthalten, unter anderem Tannin – noch ein Wort, das ich sehr gut kenne, vom Wein her. Der enthält nämlich mehr oder weniger viel davon.

Schon komisch: Man glaubt, man redet von ganz wissenschaftlichen Dingen, aber eigentlich befindet man sich auf altbekanntem Boden.

Als Margueritte aufgestanden ist, um zu gehen, habe ich sie bis zum Kiosk begleitet und bin dann abgebogen, um nach Hause zu laufen, auf direktem Weg, ohne in Francines Kneipe vorbeizuschauen. Ich konnte mir nicht vorstellen, da mit einem Wörterbuch in der Hand aufzukreuzen. In meinem Milieu sind Bücher nicht besonders angesagt. Ein paar sind in Ordnung, aber man sollte es nicht übertreiben. Bei Landremont wird es toleriert, weil er der Älteste ist und der einzige Automechaniker. Aber sogar Julien, der Abitur hat, oder Marco, der fünf Sprachen spricht – wegen seiner italienischen Abstammung und den verschiedenen Stiefvätern: einem Serben, einem Rumänen und seit gut zehn Jahren einem Spanier –, auch die geben nicht an. Deshalb werde ich jetzt nicht damit anfangen, mit meinem Brachland im Kopf – *siehe: unkultiviert*.

Ich bin also ohne Umwege nach Hause, ich hatte Angst, jemanden zu treffen. Im Wohnwagen versteckte ich das Wörterbuch wie ein Pornoheft, so sehr schämte ich mich. Gleichzeitig, und das war das Seltsame, hatte ich den gleichen Drang wie bei einem Porno, es zu öffnen. Tja.

Erst zögerte ich. Und dann sagte ich mir: Wie wär's, wenn ich mal ein schwieriges Wort suchen würde, um mir ein Bild zu machen? Zum Beispiel: *Labyrinth*.

Und da habe ich einen unglaublichen Haken an der Sache entdeckt: Um im Wörterbuch ein Wort zu finden, *muss man es schon schreiben können*! Was bedeutet, dass Wörterbücher nur gebildeten Leuten nützen, die sie aber gar nicht so sehr brauchen.

Da rodet man ganze Wälder am Amazonas mit der Kettensäge, um Wörterbücher draus zu machen, die dir helfen sollen, dir aber letztlich nur zeigen, wie blöd du bist? Es lebe die Politik!

Margueritte kann nichts dafür, sie ist eben auf der Seite der Bücher geboren, für sie ist das Geschriebene ganz natürlich. Und weil ich ihr Geschenk nicht missachten wollte, habe ich dann versucht, Sachen darin zu finden, bei denen ich mir sicher war, wie man sie schreibt.

Verdammt und *Scheiße*, ja. *Schlampe* auch. *Arschficker* nicht.

O. M., die Fußballmannschaft von Marseille, nicht, aber *Saint-Étienne* schon – wahrscheinlich, weil das auch eine Stadt ist.

Es war schon ziemlich vollständig für ein altes Wörterbuch.

Danach habe ich zum Spaß nach den Namen von Bekannten gesucht. Aber ich habe weder Landremont gefunden noch Marco, Julien, Zekouc-Pelletier, Youssef, Francine, Annette oder Chazes.

Margueritte schon, aber ohne »u« und mit nur einem »t«, das ist ein Blumenname.

Beim Suchen nach *Germain* bin ich auf *Germanien* gestoßen: *Name der Gegend Europas, die heute ungefähr Deutschland entspricht, zur Römerzeit. S. Germanen.* Weil da dieses *S.* für *Siehe* stand, habe ich nachgeschaut: *von lat. Germanus, Bruder. Bewohner Germaniens (Burgunden, Franken, Goten, Langobarden, Sachsen, Sueben, Teutonen und Vandalen)*, und das habe ich dann in meinem Kopf gespeichert, für alle Fälle.

Ich habe ein sehr gutes Gedächtnis, wenn ich mir was merken will.

Dann habe ich *Spatz* gesucht: *S. Haussperling. Kleiner, braun-beige-grauer Singvogel mit dunklem Latz.* Der *Latz*, falls Sie das nicht wissen sollten, hat nichts mit unserem Hosenlatz zu tun, eher schon mit dem Lätzchen von kleinen Kindern: Bei Vögeln ist das ein *Fleck auf der Kehle.*

Etwas enttäuscht war ich dagegen bei *Tomate*, über die man lesen kann: *krautige, einjährige Pflanze aus der Familie der Nachtschattengewächse, die für ihre als Gemüse verwendeten roten, fleischigen Früchte angebaut wird* – bis dahin einverstanden. Aber etwas weiter dann: *S. Roma.* Und da sage ich: Nein. *Nachtschattengewächse* okay und so viel man will, aber warum ausgerechnet *Roma*? Damit die Leute glauben, dass es nur diese eine Sorte gibt? Werden die Wörterbuchschreiber dafür bezahlt, sich kurzzufassen, oder was? Schreiben sie nicht mehr hin, um Papier zu sparen oder weil es kultivierten Leuten egal ist, was in unseren Bodenkulturen alles wächst?

Ich sage das nicht, um ein Geschenk zu kritisieren, das ich bekommen habe, aber ehrlich, in dem Punkt wusste ich eine Menge mehr als das Wörterbuch von Margueritte. Aus rein persönlicher Quelle kann ich sofort aus dem Ärmel schütteln, ohne nachdenken zu müssen: die Tonnelet, die Saint-Pierre, die Weiße Schönheit, die Schwarze Krim, die Goldene Königin, die Buissonante, die Black Prince, die Maiglöckchen, die Délicate und die Tafelfreude, ohne die Marmande und die Douce de Picardie zu vergessen.

Wissen Sie, es ist wirklich die Hölle, in Ihrem Wörterbuch was zu finden.«

Margueritte hat eine Augenbraue hochgezogen. »Die Hölle …?«

»Das ist bildlich gesprochen. Ich meine, es ist kompliziert.«

»Ach so … Aber warum denn kompliziert?«

Ich trug das seit dem Abend davor mit mir rum und war es auch auf dem Weg in den Park nicht losgeworden.

Es musste einfach raus.

Ich habe gedacht, was soll's, ich packe aus. Und dann habe ich ihr alles hingeknallt, das Lesen, das mir eine Qual ist, die Wörter, die ich nicht schreiben kann, diesen Dreckskerl von Monsieur Bayle und den ganzen Rest.

Ich habe gedacht: Mal sehen, was passiert.

Sie hat mich ganz kleinlaut angeschaut.

Ich konnte gar nicht mehr aufhören und redete immer weiter, ließ alles raus, was ich nie jemandem erzählen konnte, was mir aber wie lauter Gräten im Hals stecken geblieben war. Die Leute, die einen – vor allem mich – immer für einen Trottel halten, wenn man nicht gut lesen kann. Die alles durcheinanderschmeißen und denken, dass Bildung die Höflichkeit ersetzt. Die einen von oben herab behandeln, sobald sie merken, dass man nur drei Wörter auf Lager hat, weil sie selbst reden können wie ein Buch. Aber wenn man nur ein bisschen daran kratzt, was sie erzählen, ist darunter alles so hohl, dass es kracht! Und so schimpfte ich immer weiter und weiter, und viel zu laut.

Dabei hörte ich die Stimme in meinem Kopf, die rief: *Halt die Klappe, Germain! Siehst du denn nicht, dass die arme kleine Alte gleich ausflippt?* Aber ich konnte mich einfach nicht mehr bremsen, es kam in einem Riesenschwall raus, was sich da angestaut hatte, die Ungerechtigkeit und alles. Und das Schlimmste war: Wenn ich mich so hörte, machte mich das noch mehr fertig. Mein Leben in Worte zu fassen, das war, wie Salz auf Wunden zu streuen. In mir drin war nichts als ein wüstes Durcheinander, die Bilder rasten nur so rum, und dazu die innere Stimme, die den Herrn in Seiner großen Güte anflehte, mich zu knebeln, damit ich endlich die Klappe hielt. Und dann kam auch der ganze Rest raus, die Mädchen, die Arbeit, meine ganzen Kinderträume. Und meine Mutter, als krönender Abschluss.

Am Ende habe ich noch hinzugefügt, dass ihr Wörterbuch nicht vollständig war, weil *Nachtschattengewächse* okay, aber *Roma*!

Na, wie auch immer.

Margueritte hat tief Luft geholt, so als ob ich ihren Kopf unter Wasser gehalten hätte. »Germain, es tut mir sehr leid.«

Das hat den Druck mit einem Schlag von mir abfallen lassen. »Aber warum denn?«

»Beim Zuhören ist mir klargeworden, dass Sie völlig recht haben: Wenn man die Schreibweise eines Wortes nicht kennt oder die Reihenfolge der Buchstaben im Alphabet, dann ist das Wörterbuch ein vollkommen unbrauchbares Instrument.«

»Und unvollständig dazu … nichts für ungut.«

»Ja, auch in diesem Punkt kann ich Ihnen nicht widersprechen. Erst vor zwei Tagen habe ich das Wort *Filzlauser* gesucht. Stellen Sie sich vor, es steht nicht drin!«

»Das wundert mich nicht. Und ich warne Sie: Es ist nicht das einzige Wort, das fehlt!«

»Sicher, sicher … Gleichzeitig muss man aber zugeben, dass ein Wörterbuch es erlaubt, viele Dinge zu lernen.«

»Kann ja sein, aber wenn ich es nicht benutzen kann …«

»Gewiss, das ist misslich. Was können wir da tun?«

Sie hat angefangen nachzudenken, wobei ihre Hände und ihr Kopf etwas zitterten. Auch ich zermarterte mir das Hirn, weil sie *wir* gesagt hatte und mich das freute.

Schließlich meinte ich: »Wenn man wüsste, wie sich das Wort schreibt, das man sucht, wäre es schon einfacher: Dann bräuchte man nur noch da nachzuschauen, wo es steht …«

»Genau!«

»Wenn ich zum Beispiel ein Wort finden will, was weiß ich … *Labyrinth* etwa! Ich sage das auf gut Glück …«

»… Und das Glück macht es einem nicht immer leicht … Ach, die Sprache ist wirklich etwas Kompliziertes! Ausgerechnet das Wort *Labyrinth* steckt voller Fallen. Ich will es Ihnen zeigen …«

Und schon kramte sie in ihrer Tasche rum, holte einen Kuli hervor und suchte weiter. »Haben Sie vielleicht ein Notizbuch dabei?«

»Äh, nein.«

»Ein kleines Stück Papier?«

»Ich habe hier meinen Einkaufszettel, wenn das reicht.«

»Das wird reichen, Germain, das wird reichen.«

Margueritte hat mir das Wort aufgeschrieben, den Kopf etwas zur Seite geneigt, mit ihrer Tasche als Unterlage. Sie hatte eine große, etwas zittrige Schrift, aber für ihr Alter nicht zu verschnörkelt. Dann hat sie mir den Zettel hingehalten. »Bitte sehr.«

La-by-rinth?

Verdammter Mist! Da hätte ich ja ewig suchen können!

Ein paar Tage später ging ich durch die Avenue du Général de Gaulle, und da sah ich, dass die Fassade der neuen Mediathek mit Graffiti vollgesprayt war, die komplette Längsseite. Natürlich redeten wir bei Francine darüber. Marco lachte und zuckte die Achseln, er sagte bloß, da bräuchte man keine große Sache draus zu machen, solange es Kinderkram wäre und keine Nazikreuze oder so was. Das würde die Faulpelze von der Stadtreinigung ein bisschen beschäftigen, die würden ja sonst keinen Finger krumm machen. Francine sagte nichts, wegen dem Liebeskummer, der an ihr nagte. Landremont war wütend. Er meinte, die kleinen Rowdys, die das getan hätten, gehörten geteert und gefedert, damit sie als abschreckendes Beispiel dienten.

Julien nickte. »Es stimmt schon, das ist eine Schande. Der neue Bau ist zwar hässlich, aber wenigstens war er sauber. Und es sind unsere Steuern, die dafür draufgehen, falls euch das nicht klar ist, die werden uns die Kosten fürs Saubermachen nämlich nicht schenken. Die ganze Fassade neu streichen, das wird einen Batzen Geld kosten, sag ich euch!«

»Sie haben auch auf der Seite zur Rue Faïence gesprayt«, ergänzte ich.

»Verdammt, das gibt's doch nicht!«, wütete Landremont. »Diese kleinen Scheißer! Vandalen sind das, jawohl! Vandalen.«

»Genau«, habe ich gesagt, »Vandalen. Und sogar Teutonen! Teutonen sind das!«

Sie haben sich alle dumm angeschaut. Julien hat gemeint: »Hä? Wie kommst du auf Teutonen?«

»Teutonen eben! So wie die Langobarden.«

Landremont hat den Kopf geschüttelt. »Tut mir leid, verstehe ich nicht … Kapiert ihr das?«

»Nee.«

»Erklär es uns, Germain, lass uns nicht mit diesem ungelösten Rätsel weiterleben.«

»Was gibt es da zu erklären? Du bist doch ein gebildeter Mensch, oder?«

Wenn es einen Punkt gibt, an dem Landremont empfindlich ist, dann bei Bildung und Wortschatz. Er hat immer null Fehler bei allen Quizsendungen im Fernsehen, vor allem bei so haarsträubenden Aufgaben wie: *Nennen Sie eine Gemüsesorte aus der Familie der Nachtschattengewächse!* (Tomate.)

Ich habe kapiert, dass ich ihn an seinem wunden Punkt erwischt hatte, habe es an der Art gesehen, wie er sich mit der Hand über die Stirn fuhr, als würde er hoffen, dort seine Haare wiederzufinden.

Er hat schließlich gesagt: »Könntest du etwas deutlicher machen, wovon du eigentlich redest?«

»*Du* redest davon! Du sagst: Vandalen, also sage ich: Teutonen. Oder Langobarden. Ich hätte auch was anderes sagen können, was weiß ich … Burgunden.«

»Ist der besoffen oder was?«, hat Julien gefragt.

»Nein, bin ich nicht. Ihr müsst doch bloß mal ein bisschen weiterdenken: Ich gebe euch Beispiele von germanischen Völkern!«

»Ach so«, hat Marco gemeint. »Waren da also doch Hakenkreuze an der Fassade?«

»Verdammt, bist du so doof, oder tust du nur so? *Germanisch*, von *Germanus*, so wie ›Germain‹. Ich habe nichts von Nazis gesagt.«

»Die Germanen sind schließlich nicht alle Nazis«, hat Landremont hinzugefügt. »Aber wo hast du das denn her?«

»Wo habe ich was her?«

»Diese Namen da: Burgunden, Langobarden …«

»… Teutonen«, hat Marco hinzugefügt.

Ich habe geschrien: »Du hast doch damit angefangen, verdammt noch mal! Du hast gesagt, die Sprayer sind Vandalen, deshalb habe ich …«

Landremont hat auf den Tisch gehauen. »Jetzt hab ich's, Jungs! Ich glaube, ich hab's kapiert.«

»Na, da hast du aber Glück«, hat Marco gemeint.

Landremont hat das Kinn hochgereckt. »Könntest du sie uns mal alle aufzählen, deine germanischen Völker?«

»Kein Problem! Also: Burgunden, Franken, Goten, Langobarden, Sachsen, Sueben, Teutonen und Vandalen.«

Landremont hat angefangen, sich kaputtzulachen, und hat wiederholt: »… und Vandalen! Da haben wir's! Und sogar in alphabetischer Reihenfolge!«

Marco hat gemeckert: »Wenn es was Privates ist, sagt es ruhig. Dann lassen wir euch allein. Ihr braucht nur das Licht ausmachen, wenn ihr geht.«

Landremont hat mir zugezwinkert. »Du bist mir einer, Germain! Immer wieder für Überraschungen gut, weißt du das? Neulich kommst du uns mit der *Pest* von Camus, heute zauberst du uns die alten germanischen Völker aus dem Hut … Was kommt als Nächstes? Wirst du uns Maupassant zitieren?«

»Hör auf«, hat Julien gesagt. »Lass ihn doch in Ruhe.«

Aber Landremont lässt nicht so schnell locker. Wenn er erst mal einen Knochen erwischt hat, dann verbeißt er sich, unmöglich, ihn davon wegzukriegen. Mit einem herausfordernden Blick hat er mich gefragt: »Maupassant, das sagt dir doch bestimmt auch was, oder?«

»Na sicher, klar!«

»Ohne jeden Zweifel. Was hat der denn so geschrieben?«

»Fahr zur Hölle!«

»Ach komm, sag doch. Nur so!«

»Ist ja gut! Er hat einen Führer geschrieben. Du musst mich nicht als Trottel hinstellen.«

Julien hat in sein Glas gehustet. Landremont hat die Augenbrauen hochgezogen.

Ich habe mein Bier runtergekippt. Dann bin ich aufgestanden und gegangen.

Genau in dem Moment, als ich durch die Tür ging, habe ich Landremont brüllen hören: »Der Maupassant-Führer! Mannomann! Habt ihr das gehört? Der Maupassant-Führer!«

»Na und? Kenne ich nicht«, hat Marco geantwortet.

»Das ist so was wie der *Michelin*, oder?«, hat Francine gefragt.

Ich war schon zu weit weg, mehr habe ich nicht mehr gehört. Aber es war mir auch schnuppe, denn ich hatte Landremont ganz schön geplättet. Ausnahmsweise mal.

Dass meine Mutter total durch den Wind ist, das ist nichts Neues. Aber es wird immer schlimmer. Ich sehe sie jetzt zu jeder Tages- oder Nachtzeit in den Garten laufen, zerzaust wie eine Lauchstange. Sie geht zu den Bohnen oder Kartoffeln, je nachdem, und bleibt dort wie angewurzelt stehen, als würde sie nachdenken, und dann verschwindet sie mit leerem Korb wieder im Haus.

Wenn ich sie besuchen gehe, ist das immer ein Affentheater. Es ist schon ein Wunder, wenn sie überhaupt aufmacht.

Sie hat sich in den Kopf gesetzt, dass ich an ihre Rente will. Sie erzählt im ganzen Viertel rum, dass meine Kumpels und ich sie umbringen wollen. Im Haus läuft sie die ganze Zeit hinter mir her und schreit, dass sie sich nicht ausrauben lassen wird wie mitten im dunklen Wald.

Wenn das so weitergeht, werde ich mich geschlagen geben und sie in Ruhe lassen.

Ich werde nicht mehr hingehen, weder, um ihr was für ihre Suppe zu bringen, noch, um ihre Leitungen zu reparieren oder die Glühbirnen auszuwechseln. Das sage ich mir immer wieder, aber dann gehe ich trotzdem hin und ärgere mich, dass ich so blöd bin.

Sie beschimpft mich als Bastard. Wenn ich ihr ein bisschen zu nahe komme, schlägt sie nach mir. An manchen Tagen muss ich mich ganz schön zurückhalten, dass ich ihr keine knalle. Einfach damit sie die Klappe hält.

Wenn ich wirklich nicht mehr kann, dann rede ich in der Kneipe darüber und schütte mein Herz aus.

Julien bringt dann wieder seine Sprüche: »Du kannst machen, was du willst, Julien – deine Mutter ist deine Mutter. Davon hat man nur eine im Leben.«

Das würde ja auch noch fehlen: dass man mehrere hat. Dann könnte man mir gleich zwei Bretter, Hammer und Nägel geben, und ich würde mich selbst ans Kreuz nageln.

Landremont sagt, es ist verständlich, dass ich gereizt bin, denn man muss schon zugeben, dass meine Mutter eine besonders bittere Medizin ist.

Ich würde eher sagen: Rattengift.

Neulich hat mich Marco gefragt, warum ich sie nicht ins Altenheim bringe.

»Meine Mutter zu den Alten stecken? Mit dreiundsechzig? Glaubst du im Ernst, das könnte man ihr verklickern? Ich habe keine Lust, das zu riskieren, ehrlich!«

Landremont hat gemeint, das könnte jemand anders für mich erledigen.

»Willst *du* sie vielleicht dazu bringen, da hinzugehen?«, habe ich ihn gefragt. »Du allein mit deinen dünnen Ärmchen?«

»Ach komm, so schrecklich ist sie doch auch wieder nicht.«

»Dann hast du sie noch nie in Fahrt erlebt.«

»Das stimmt«, hat Julien gesagt. »Wenn sie sauer ist, kann sie einem echt Angst machen, seine Mutter.«

»Und wie!«, meinte ich. »Ich wüsste nicht, wie man sie aus dem Haus kriegen und bis zum Altenheim schaffen sollte, ohne ihr ein komplettes Einsatzkommando auf den Hals zu hetzen.«

Francine hat geseufzt und gesagt, wir würden ein bisschen zu weit gehen. »Ist doch wahr, ihr Männer müsst immer übertreiben … So schlimm ist deine Mutter gar nicht, Germain. Sie fängt ein bisschen an zu spinnen, das ist alles.«

Marco hat gelacht. »Sie macht es wie die Fische und fängt am Kopf an zu faulen.«

Da habe ich ihm gesagt, er soll mal nicht vergessen, dass er über meine Mutter redet.

»Okay, ist ja gut, reg dich ab.« Und um die Stimmung aufzulockern, hat uns Marco von seinem Großvater erzählt, der behauptet, man hätte überall in seinem Haus Wanzen angebracht – vor allem auf dem Klo.

»Wanzen?«, haben wir gefragt. »Wozu denn das?«

»Er meint, das Rathaus will ihn ausspionieren.«

»Auf seinem Klo?«

»Tja.«

»Mannomann!«, haben wir gesagt.

Und Jojo hat gemeint: »Man sollte einfach nicht alt werden.«

Zurzeit arbeite ich bei der SOPRAF, Malerei und Fassadenreinigung. An den Job bin ich durch Etienne gekommen, den Schwager von Julien. Ich bin da im Lager, packe Farbtöpfe aus, verteile sie in die Regale und bringe Kartons und Plastikfolien zum Müll, lauter so Sachen, aber das ist nur eine kleine Auswahl von dem, was ich alles kann.

Was gerade so anfällt – das ist meine Spezialität.

Bei Manpower & Co. kennen sie mich gut. Sie wissen, dass mein Trumpf nicht unbedingt die Schulabschlüsse sind. Aber wenn es darum geht, sich einen Zementsack auf die Schulter zu laden und dabei noch einen Witz zu reißen, bin ich unschlagbar. Sobald sie einen undankbaren Job haben – *siehe: mühsam, nicht lohnenswert* –, den niemand machen will, bin ich dran, das ist klar.

Es gibt eben solche, die in Büros mit Teppichboden und Plastikpflanzen sitzen, und andere wie mich, die Blut und Wasser schwitzen, um drei Euro zu verdienen.

Das ist halt so. Jedem seine Scheiße.

Das Problem mit der Arbeit ist, dass man eine braucht, um leben zu können. Na ja, zumindest braucht man sie lange genug, um danach Arbeitslosengeld zu kriegen. Ansonsten ist Arbeiten nicht gerade meine Leidenschaft, jedenfalls wenn man dabei so schuften muss.

Landremont sagt, mein Problem ist, dass ich keinen Ehrgeiz habe.

Das Problem von Landremont ist, dass er immer zu allem eine Meinung haben muss.

Ich glaube, man kann auch normal sein, ohne dass man wahnsinnig gern arbeitet. Ich finde es eher komisch, wenn es andersrum ist. Immerhin gibt es Milliarden von Menschen, die leben, ohne zu arbeiten. Zum Beispiel die Jíbaros. Als ich klein war, habe ich natürlich nicht davon geträumt, später mal Bausteine zu schleppen oder Paletten und Lastwagenreifen abzuladen. Auch nicht davon, Karriere als Arbeitsloser zu machen. Was ich wirklich werden wollte – abgesehen von der Berufung, von der ich schon erzählt habe, dem Kirchenfenstermacher –, das war Amazonas-Indianer. Mein Onkel Georges hatte mir ein Buch über die geschenkt, aus einem Trödelladen, mit tausend Fotos drin.

Das habe ich lange ganz unten im Schrank in meinem Zimmer versteckt.

Und wenn bestimmte Leute mir zu sehr auf die Nerven gingen (Monsieur Bayle oder Cyril Gontier, mein Lieblingsfeind, ganz zu schweigen von meiner Mutter, die da immer auf Platz eins war), dann holte ich abends dieses Buch hervor, machte es mir im Bett gemütlich und schaute mir die Fotos an.

Ich sah mich selbst als Indianerhäuptling mit tadellos frisierten Federn. Ich sagte mir, wenn sie mir weiter das Leben so schwermachen, bastele ich mir Giftpfeile und schieße sie ihnen in den Hintern. Und dann stehe ich ganz ruhig daneben, mit meinem Blasrohr in der Hand, und schaue zu, wie sie röchelnd verenden.

Als Kind hat man noch Träume.

Wie auch immer, Amazonas-Indianer, das ist schon was, finde ich. Die laufen fast nackt rum, abgesehen von ihren Halsketten und Flitzebogen, und außer ein bisschen Flötespielen oder Kriegführen tun sie nichts. Sie besaufen sich am Lagerfeuer mit Lianenschnaps oder mit sonst was und rauchen aus religiösen Gründen Tonnen von Gras.

So lässt es sich aushalten. Ganz zu schweigen davon, dass sie sich von morgens bis abends an ihren Frauen sattsehen können, weil die nämlich mit nackten Brüsten rumlaufen und auch den Rest nur mit einer Feder bedecken. Sie angeln, sie jagen, sie sammeln Pflanzen, um Gift für ihre Pfeile zu machen. Sie bauen ein paar Kürbisse, Maniok und ein bisschen Tabak an. Sie verbringen ihre Zeit nicht damit, Kisten zu schleppen. Sie leben im Paradies auf Erden, wenn man mich fragt.

Das Problem ist nur: An den Tagen, wo Landremont sich um meine Zukunft sorgt und mich mit Fragen nervt – »Herrgott, Germain, du wirst doch nicht dein ganzes Leben lang so weitermachen? Mit fünfundvierzig musst du doch irgendeinen Ehrgeiz haben!« –, da kann ich ihm ja nicht antworten: »Ich will Jíbaro-Indianer werden.«

Erstens würde er mich für verrückt erklären, nachdem er mich sowieso schon für bescheuert hält. Und so wie ich ihn kenne, würde er dann anfangen, vom Ozonloch zu reden, vom Erdöl, den multinationalen Konzernen und der Abholzung, von Sumpffieber und Malaria (was wirklich Scheißkrankheiten sind), und das Ganze würde in einer Katastrophe enden, mit einem Massensterben in ganz Amazonien.

Ich weiß nicht, ob das daher kommt, dass er Witwer ist und Leberzirrhose hat, aber in letzter Zeit hat Landremont nichts Besseres zu tun, als einem das Paradies mit nur zwei, drei Sätzen in eine Müllkippe zu verwandeln.

Er raubt einem den letzten Traum.

Am Anfang fand ich Margueritte witzig. Auch irgendwie lehrreich, in Bezug auf unsere Gespräche. Und Stück für Stück habe ich sie dann lieb gewonnen, sozusagen schleichend.

Zuneigung ist etwas, das im Verborgenen wächst. Sie schlägt einfach Wurzeln und wuchert dann schlimmer als Quecken. Wenn es erst mal so weit ist, ist alles zu spät: Das Herz kann man schließlich nicht mit Unkrautfrei behandeln, um die Zärtlichkeit darin auszurotten.

In der ersten Zeit war ich einfach nur froh, sie zu sehen, wenn ich in den Park kam.

Etwas später war es so, dass ich mich, wenn ich sie nicht auf unserer Bank fand, fragte, was sie wohl machte, statt mit mir zusammen zu sein.

Noch später, als wir über kulturelle Dinge redeten, dachte ich immer wieder über unsere Gespräche nach.

Während sie vorlas, blieb ich manchmal an einem Wort hängen und machte dann ein kleines Zeichen mit der Hand, etwa bei *Prestige* oder *exorbitant* oder *lasziv* ... Dann erklärte sie das Wort oder schrieb es mir in ein kleines Heft, das sie extra für diesen Zweck gekauft hatte. Das hatte sich zwischen uns so eingebürgert, und wenn ich abends nach Hause kam, suchte ich als Erstes nach dem Wort.

»Exorbitant – *siehe: teuer, übertrieben, unerschwinglich* ...«

Sie hatte mir sogar Merkzettel gemacht und das ganze Alphabet in der richtigen Reihenfolge draufgeschrieben, in großen Buchstaben auf weißen Blättern. Und dann noch mal jeden Buchstaben zusammen mit den jeweils folgenden im Alphabet, an zweiter und sogar dritter Stelle.

Ab, ac, ad …

Aba, abc, abd …

Sie muss wahnsinnig viel Zeit damit zugebracht haben, aber es war verdammt hilfreich, weil es ja nicht reicht, zu wissen, wo das *U* ist, wenn man im Wörterbuch *umtopfen* sucht. Man muss auch wissen, dass *umtopfen* nach *umtauschen* und vor *Umtrunk* kommt.

Ich hatte mir das Ganze über das Bett gehängt, und vor dem Einschlafen las ich laut das ganze Alphabet, A, B, C, D … Und dann suchte ich mir Beispiele aus dem Alltagsleben, um es mir besser zu merken. A wie Annette, B wie Bengel, C wie CD, D wie Dauerwurst usw.

Margueritte nahm immer mehr Raum ein, auch wenn sie nicht da war.

Und dann, eines Tages, als sie mal nicht im Park war – man geht ja schließlich nicht jeden Tag hin –, ist mir plötzlich klargeworden: Ich weiß überhaupt nichts über sie, nur den Vornamen, auf den sie getauft ist. Auch wenn man mich gefoltert hätte, ich hätte der Polizei nicht mal ihren vollständigen Namen sagen können.

Da habe ich kapiert: Wenn ihr was Schlimmes passieren würde, ein Herzanfall zum Beispiel, dann würde niemand kommen, um es mir zu sagen, ich habe ja keinerlei Legitimation – *siehe: Berechtigung, Beglaubigung*. Und so würde ich es gar nicht erfahren, sie würde ganz allein in ihrer Ecke sterben, und ich würde sie nicht mal mehr sehen. Das hat mir einen verdammten Schrecken eingejagt, wie bei einem Kind, das im Kaufhaus verlorengegangen ist. Ich habe versucht, mir gut zuzureden: »Jetzt hör aber mal auf, Germain, es ist doch nur eine kleine Alte …« Aber ich konnte machen, was ich wollte, es ist mir den ganzen Tag weiter im Kopf rumgegangen. Weshalb ich sie beim nächsten Mal, als ich sie gesehen habe, sofort mit der Frage überfallen habe, wo sie eigentlich wohnt.

»Im Altenheim *Les Peupliers*, seit bald zwei Jahren. Das ist ganz in der Nähe des Rathauses. Direkt gegenüber der Esplanade, wissen Sie?«

»Ja ja, das kenne ich.«

Das kann man wohl sagen – ich war da Hilfsarbeiter, als sie den ersten Stock renoviert haben, vor vier oder fünf Jahren. Ich kann Ihnen sogar verraten, dass die von Glück sagen können, wenn den Alten nicht eines schönen Morgens die Decke auf den Kopf kracht, weil sie nämlich beim Umbau nicht so genau verstanden haben, wozu tragende Wände gut sind. Es hält, okay, aber man muss das schnell aussprechen, sonst stimmt es vielleicht schon nicht mehr. Wenn wir eines Tages ein Erdbeben kriegen, dann garantiere ich für nichts, was die Zahl der Toten angeht … Aber das habe ich ihr natürlich nicht gesagt. Ich habe es schön für mich behalten.

»Es ist ein sehr angenehmes Haus«, hat Margueritte hinzugefügt, »ich bedaure meine Entscheidung nicht. Das Personal ist jederzeit ansprechbar und ganz reizend.«

Wenn man weiß, was die für Preise haben, wäre es auch noch schöner, wenn sie dann unfreundlich wären.

»Und wie heißen Sie mit Nachnamen?«, habe ich dann Knall auf Fall gefragt.

»Escoffier, warum?«

Ich konnte ihr schlecht antworten: Falls ich Sie eines Tages aus den Trümmern rausholen und identifizieren muss. Deshalb habe ich gesagt: »Einfach so. Ich wollte das nur mal wissen.«

Daraufhin sind wieder die Pferde mit ihr durchgegangen, »der Wissensdrang, die unersättliche Neugierde des Menschen« und so weiter und so fort. Ich habe sie einfach reden lassen, sie ist froh, wenn sie quatschen kann. Mich kostet es nicht viel, so zu tun, als ob ich zuhöre, man ist ja kein Unmensch. Danach hat sie mir von ihrem Leben im Altenheim erzählt, den Scrabble- und Lottoabenden, den Museumsbesuchen, lauter todlangweiligem Zeug.

Es war, als ob Margueritte meine Gedanken gelesen hätte, weil sie plötzlich geseufzt hat: »Altwerden ist für niemanden ein Vergnügen, wissen Sie …« Und dann hat sie mit ihrem kleinen Lachen hinzugefügt: »Nun ja, das Privileg des Alters ist: Wenn man sich langweilt, dann weiß man wenigstens, dass es nicht mehr für lange ist.«

»Aha?«

»Ich kann mich nicht beklagen: Ich bin noch bei guter Gesundheit und lebe in einem angenehmen Rahmen. Meine Rente ist sehr anständig. Nein, wirklich, es wäre ungehörig, wenn ich mich selbst bemitleiden würde. Aber Altwerden, wissen Sie … Altwerden ist eine Last.«

Ich dachte: Was mich angeht, wird das Altwerden sicher eine Plage, die ich zum Wohl der Allgemeinheit besser vermeiden sollte, falls ich nach meiner alten Mutter komme. Und das nur wegen diesem verdammten Erbgut, das man abkriegt, ohne es zu wollen, sobald man so was wie eine Abstammung hat. Ganz abgesehen von all den Mängeln, die ich nicht mal ahnen kann, weil sie ja unbekannt sind, von meinem Vater und seiner Sippe her.

Als ich fertig war mit Nachdenken, habe ich gemerkt, dass Margueritte still war.

Es kommt selten vor, dass wir uns direkt ins Gesicht sehen, sie und ich. Auf einer Bank ist das ja auch normal, weil man nebeneinandersitzt. Wir unterhalten uns und schauen dabei den Kindern zu, die mit ihren Rollern Rennen fahren. Oder den Wolken, oder den Tauben. Was zählt, ist, dass wir uns zuhören – dafür muss man sich ja nicht sehen. Aber da sie jetzt nichts sagte, habe ich ihr einen kurzen Blick zugeworfen. Sie sah trübsinnig aus, und so was haut mich immer um. Ich ertrage es einfach nicht, wenn Kinder oder Alte unglücklich sind. Das geht mir an die Nieren. Deshalb konnte ich nicht anders – ich habe Margueritte an den Schultern gepackt und ihr einen dicken Kuss auf die Backe gegeben.

Sie hat meine Hand gedrückt – es sah so aus, als wäre sie kurz davor, eine Träne zu vergießen – und gesagt: »Germain, Sie sind ein prima Kerl. Ihre Freunde haben großes Glück.«

Was willst du darauf antworten? Wenn du ja sagst, wirkst du wie ein eitler Blödmann. Wenn du nein sagst, wie ein alter Heuchler.

Also meinte ich: »Ach …«

Das war völlig ausreichend.

Margueritte hat gehüstelt. »Sagen Sie, wenn ich mich nicht irre, hatten wir uns doch fest vorgenommen, weitere Lektüren miteinander zu teilen, nicht wahr?«

»Das stimmt.«

»Und wir haben das seit *Frühes Versprechen* nicht mehr getan. Das ist schon ein paar Wochen her, oder?«

»Ja, richtig.«

»Dem müssen wir abhelfen. Was soll ich Ihnen als Nächstes vorlesen?«

»Äh … Also …«

»Gibt es ein Thema, das Sie besonders interessiert?«

»…«

»Etwas Historisches zum Beispiel? Abenteuerromane? Krimis? Ich weiß nicht … oder …«

»Die Amazonas-Indianer!«

Und im gleichen Moment habe ich mir gesagt, dass ich jetzt schon wieder wie ein Trottel dastehen würde.

Aber Margueritte meinte: »Ah, die Amazonas-Indianer, ja natürlich! Natürlich … Da glaube ich, ohne mich zu weit vorwagen zu wollen, dass ich einen Roman in meiner Bibliothek habe, der Ihnen gefallen dürfte …«

Ich war nicht mal erstaunt: Wenn man Bücher über die Pest hat, dann hat man auch welche über die Jíbaros.

»Ist es von Camus?«

»Nein, dieses nicht. Aber es ist trotzdem gut, Sie werden sehen.«

Ich habe gesagt: »Einverstanden!«

Und das stimmte auch.

So kam es, dass Margueritte mir *Der Alte, der Liebesromane las* vorgelesen hat. Eines Montags ist sie damit angekommen, stolz wie sonst was. Sie hat das kleine Buch aus ihrer Tasche gezogen und auf den Umschlag geklopft: »Das ist das Buch, von dem ich Ihnen neulich erzählt habe.«

»Über die Amazonas-Indianer?«

»Ja, unter anderem.«

»Es ist klein.«

Sie hat gesagt, daran sollte man ein Buch nicht messen.

»Genauso wenig, wie man Leute an ihrer Größe messen sollte«, meinte ich. »Solange man mit beiden Füßen auf den Boden reicht, ist man groß genug, nicht wahr?«

Gleich darauf hätte ich mir in den Hintern beißen können, denn ihre Beine baumelten ja in der Luft. Sie hat nicht das Erwachsenenformat für Parkbänke.

Sie ist meinem Blick gefolgt. Dann hat sie mit den Schultern gezuckt und gelacht. »Fangen wir an?«

»Okay!«

Und sie begann: »*Der Himmel war ein aufgeblähter Eselsbauch, der bedrohlich nur wenige Handbreit über den Köpfen hing.*«

»Das ist eine Metapher«, habe ich gesagt.

»Ja, ganz richtig!«

Das hat mich gefreut.

Dann hat sie weitergelesen.

Ich sag Ihnen was: Ich wusste nicht, dass ich Geschichten so mag.

Die Pest hatte mir gut gefallen, weil es mich an diese Peripetie – *siehe: unvorhergesehenes Ereignis, Wendepunkt* – von meinem Nachbarn erinnerte, dem sein Hund den Kopf abgeleckt hatte, und man kann machen, was man will: An Kindheitserinnerungen hängt man immer ein bisschen. Außerdem hatte mich die Vorstellung von den wimmelnden Ratten und alldem beeindruckt. Das andere Buch von dem Autor, den seine Mutter zu sehr liebte und umgekehrt und der Quellen und Brunnen suchte, ohne sie je zu finden, weil das Leben seine Versprechen nicht hält, das war auch nicht schlecht, nur vielleicht etwas lang.

Aber dieser *Alte, der Liebesromane las*, Mannomann! Die Geschichte packte mich und ließ mich nicht wieder los, noch nicht mal, als eine scharfe Braut mit hüpfenden Brüsten vorbeijoggte.

Ich hing so fest wie eine Zecke an einem Hund.

Erst mal gefiel es mir, dass das Buch so schön kurz war. Außerdem konnte ich das Angenehme mit dem Nützlichen verbinden, weil ich eine Menge interessante Sachen über die Jíbaro-Indianer lernte, die auch Shuara heißen, was dasselbe ist. Zum Beispiel schleifen sie sich die Zähne spitz und haben nie Karies, und das ist ihr Glück, weil die Urwaldzahnärzte, das sind echte Metzger! Da muss man nur den Buchanfang lesen, wo die ganzen armen Kerle aus dem Dorf kommen, um sich von Doktor Loachamín zurichten zu lassen, diesem Schweinehund, der ihnen laut fluchend die restlichen Zahnstummel rausreißt, bevor er ihnen gebrauchte Gebissprothesen andreht, die nicht mal passen, wie Margueritte vorlas:

»Also, mal sehen. Wie passt die hier?«

»Die drückt. Ich kann den Mund nicht zumachen.«

»Scheiße! Was für empfindliche Kerle ihr doch seid. Dann probier eine andere.«

»Die sitzt zu locker. Die fällt mir raus, wenn ich niese.«

»Was musst du dich auch erkälten, du Idiot. Mach den Mund auf.«

Ich sah alles vor mir, als ob ich dabei gewesen wäre. Das war noch stärker als bei Albert Camus. Es kribbelte mir in den Füßen, so sehr erinnerte es mich an unseren Zahnarzt, als ich klein war, Doktor Tercelin, der mir kräftig auf den Kopf schlug, wenn ich mich bewegte, weil er mir wehgetan hatte.

»Manchmal verscheuchte ein Patient mit seinem Geheul die Vögel und schlug die Zangen mit der einen Hand fort und führte die andere zum Griff der Machete.«

Ich an seiner Stelle hätte zugeschlagen, mit der Machete! Dieser Doktor Tercelin war ein echter Dreckskerl. Er brüllte alle Kinder an, die allein in die Sprechstunde kamen, aber wenn die Mütter dabei waren, war er honigsüß. Meine lieferte mich natürlich immer ab wie einen Sack Kartoffeln und ging dann einkaufen, weil der Äthergeruch ihr angeblich den Magen umdrehte. Wenn die Quälerei vorbei war, ging ich vor die Tür, um auf sie zu warten, mit meinem entzündeten Zahnfleisch und dem modrigen Nelkengeschmack im Mund. Verdammt, da hätte ich wirklich gern einen Brunnen gehabt!

An all das erinnerte ich mich, während ich Margueritte zuhörte. Ich dachte: Ist doch verrückt, was so ein Buch aus der Vergangenheit hochkommen lässt!

Margueritte las mir alles vor, ohne irgendwas auszusparen.

»Benimm dich wie ein Mann, du Schlappschwanz. Ich weiß, dass es wehtut, und ich hab dir auch gesagt, wessen Schuld das ist. Was drohst du mir also? Sitz still und zeig, dass du keine Memme bist.«

Nur zu hören, wie sie »Schlappschwanz« sagte, war die Sache schon wert.

Aber deshalb traute ich mich auch nicht, sie zu fragen, wenn ich so eine Stelle gern noch mal vorgelesen bekommen hätte. Also sperrte ich die Ohren weit auf und strengte mich an, alles zu behalten.

Die Jíbaros sind nicht auf den Kopf gefallen, das kann ich Ihnen sagen. Wenn sie jagen gehen, schwärzen sie ihre Macheten, damit die Affen sie nicht entdecken, falls sich die Sonne darin spiegelt – vielleicht sollte ich das mit meinem Taschenmesser auch machen. Und sie haben da zehn Meter lange Schlangen, dicker als mein Oberschenkel, und Welse, die siebzig Kilo wiegen. So ein Teil werde ich nicht so bald aus unserem Teich fischen!

Dabei würde es mir gut gefallen, stolz wie ein Jíbaro mit einem 70-Kilo-Wels in Francines Kneipe aufzukreuzen. Marco, der Landesmeister im Wettangeln in stehenden Gewässern ist, würde der Schlag treffen.

Marco ist sehr nett, aber wenn es um seinen Stolz geht, hat er überhaupt keinen Humor.

Ich habe auch gelernt, dass Amazonien im Grunde ein Scheißland ist. Es regnet wie aus Kübeln, es ist voller Matsch, Schlamm und Skorpione, überhaupt nicht so, wie ich es mir vorgestellt hatte, und das ist wirklich eine Desillusion – *siehe: Enttäuschung, Ernüchterung*. Die andere Desillusion ist, dass sich die Shuara-Paare nie auf den Mund küssen. Kein Zungenkuss, kein Küsschen, gar nichts.

Wenn sie dagegen Liebe machen – ich sage jetzt »Liebe machen« –, setzen sich die Frauen auf den Mann, weil sie finden, *dass sie in dieser Stellung die Liebe stärker genießen*, was mir, ohne mich über mein Intimleben ausbreiten zu wollen, auch nicht missfallen würde.

Jedenfalls glaube ich, dass ich dieses Buch in meinem

Leben noch ein paar Mal lesen werde, wenn der Herr so gnädig ist, mich mit grauem Star und Alzheimer zu verschonen, das liegt ja in Seiner Hand, ich habe Ihm nichts vorzuschreiben.

Wie auch immer, jetzt, wo ich mehr darüber weiß – dank Monsieur Sepúlveda –, sehe ich, dass Jíbaro-Werden doch keine so gute Idee war. Das Buch, das mein Onkel mir geschenkt hatte, erzählte das alles gar nicht, aber es war ja auch im Trödel, bestimmt deswegen.

Margueritte hat mir ihr Buch dann wieder gegeben, nachdem sie es fertig vorgelesen hatte, eine gute Woche hatten wir dafür gebraucht.

Und sie hat gesagt: »Germain, ich fürchte, ich werde Ihnen nicht mehr lange Bücher vorlesen können …«

»Warum? Ist es Ihnen langweilig?«

»Nein, überhaupt nicht! Es ist eine wahre Freude. Es ist nur so, dass ich nicht mehr sonderlich gut sehe …«

»Ist es der graue Star?« (Weil ich gerade aus persönlichen Gründen daran gedacht hatte.)

»Nein, leider nicht. Es ist etwas Schlimmeres.«

»Ein Glaukom?«, habe ich gefragt, weil meine Mutter eins hat – neben all dem anderen Mist, den ich erben muss.

»Auch nicht. Es ist eine Krankheit, die man nicht behandeln kann. Man nennt sie altersbedingte Makula-Degeneration. Ein etwas aufgeblasener Name, finden Sie nicht?«

»Und ziemlich kompliziert. Wie macht sie sich denn bemerkbar?«

»Mit einem Fleck genau in der Mitte des Auges, der schon anfängt, mich am Lesen zu hindern. Bald wird alles, was sich vor mir befindet, grau sein. Ich werde nur noch sehen, was an den Rändern ist.«

»Scheiße!«, habe ich gesagt. Und gleich danach: »Entschuldigung!«

»Oh, ich bitte Sie – entschuldigen Sie sich nicht. Ich denke, in gewissen Fällen kann man es sich durchaus gestatten, ›Scheiße‹ zu sagen.«

»Aber jetzt sehen Sie mich noch? Hier?«

»Ja, natürlich. Nur irgendwann, in einiger Zeit, werde ich Sie nicht mehr genau erkennen. Ich werde keine Gesichter mehr sehen, nicht mehr lesen, nähen oder Tauben zählen können.«

Es fühlte sich merkwürdig an, wie sie das sagte. Vor allem, weil sie kein Drama draus machte und es ganz ruhig erklärte.

Ich habe mir gesagt, dass das wirklich eine gottverdammte Scheißkrankheit ist … Der Herr möge mir verzeihen, aber Ihm haben wir das ja zu verdanken.

Margueritte meinte noch: »Was mir vor allem fehlen wird, ist das Lesen.«

»Mir auch«, habe ich geantwortet.

Und das, verstehen Sie … ich hätte nie gedacht, dass ich das einmal denken würde. Geschweige denn sagen.

Als ich nach Hause gegangen bin, steckte diese Neuigkeit so fest in meinem Kopf wie eine Schraube in einem Stück Balsaholz. Margueritte, die nicht mehr richtig sah. All die Bücher, die sie nicht mehr lesen konnte. Die sie mir nicht mehr vorlesen konnte. Ich hörte wieder diese Stimme in meinem Kopf, die immer ihren Senf dazugibt, wenn was nicht so läuft, wie ich will. Aber diesmal schimpfte sie nicht. Sie war so wie ich, ganz geknickt, und sie sagte: *Germain, sieh zu, wie du das geregelt kriegst, aber du musst der kleinen Alten irgendwie helfen!*

»Ach ja? Was soll ich denn tun? Mal kurz die Scheibenwischer einschalten, damit sie wieder klare Sicht bekommt? Verdammt, was kann ich dafür, wenn ihre Augen schlappmachen?«

Germain, halt die Klappe. Denk erst nach, bevor du redest.

Ich dachte, dass sie dann nicht mal mehr Scrabble oder Lotto spielen konnte, und das würde ihr fehlen, auch wenn ich persönlich den Sinn dieser Spiele nicht so ganz kapiere.

Ich lief herum und drehte mich im Kreis wie eine Katze, der man die Klokiste versteckt hat. Ich sagte mir, dass Margueritte nicht so robust ist, wie man meint, da darf man sich nicht täuschen. Sie ist leicht wie eine Feder und steinalt. Ein Luftzug, und sie holt sich einen Schnupfen. Aber Schwäche zeigen? Um Himmels willen! Sie lacht und lacht, aber wie will sie denn zurechtkommen, ganz allein im grauen Nebel, ohne ihre Bücher, die ihr Gesellschaft leisten, wo sie schon keine Kinder hat? Das traf mich wie hundert Faustschläge ins Gesicht, verstehen Sie? Und da habe ich gedacht – aber nur so und noch ganz unklar –, dass ich Margueritte nicht fallenlassen konnte. Selbst wenn ich es wollte, es war längst zu spät, sie hatte mich fest in ihren Händen, diese zerbrechliche Alte mit ihrem kleinen Lachen, ihrem Blümchenkleid und ihren lila Haaren. Sechsundachtzig Jahre, um dann mit einem weißen Stock zu enden? Verdammt noch mal, was für einen Bockmist baute der Herrgott da eigentlich gerade? Sein Pech, wenn Ihm diese Frage nicht passt – wer keine Kritik verträgt, sollte besser nichts erfinden.

Ich sagte mir immer wieder: Margueritte wird das Augenlicht verlieren, und ich, *ich* werde Margueritte verlieren und unsere Gespräche auf der Bank und das ganze »Mein lieber Germain, wissen Sie …«.

Wenn sie nichts mehr sieht, wird sie auch nicht mehr in den Park kommen, und es wird alles hin sein: die Merkzettel, damit ich mich zurechtfinde, wenn ich im Wörterbuch was suche. Und die Bücher und alles andere.

Dann habe ich mir gesagt: Auch wenn ich mich noch so anstrenge, ich werde ihr Schicksal nicht ändern können. Diese Mistkrankheit mit dem bekloppten Namen wird sich nicht von ihrem Ziel abbringen lassen, Margueritte blind zu machen.

Und diese Vorstellung machte mich völlig fertig.

Wenn man jemanden liebt, der unglücklich ist, dann macht der allein einem mehr Kummer, als wenn alle zusammen, die man nicht leiden kann, einem das Leben schwermachen.

Margueritte hatte eines Tages einen gewissen Monsieur Bâ zitiert, einen Schriftsteller aus Afrika, der eine ganz einfache, aber sehr wahre Sache gesagt hat: *Wenn ein alter Mensch stirbt, verbrennt eine ganze Bibliothek*, oder so ähnlich. Und das traf den Nagel auf den Kopf, es war genau das Problem, das ich jetzt hatte. Ich war mir vollkommen einig mit Monsieur Bâ, auch wenn wir nicht die Ehre haben, uns zu kennen. Und in dem Fall war die Bibliothek, die angesteckt wurde, meine eigene. Pech gehabt! Und das Schlimmste war, dass sie genau in dem Moment abbrennen würde, wo ich sie endlich auf dem Stadtplan gefunden hatte.

Und das war etwas, das nicht zu ertragen war, nicht einmal als Metapher.

Es hatte mir zu sehr an Quellen und Brunnen gefehlt, könnte man meinen. Wenn es dem Herrn einfallen würde, mir jetzt das Wasser abzudrehen, dann würde ich auch heulen wie ein Hund. Weil eine Sache war klar: Margueritte war mir wichtig. So wichtig wie eine Großmutter oder sogar noch wichtiger, weil bei den echten ist es so, dass sie entweder unbekannt ist, wie bei mir väterlicherseits, oder dass man sie nur bei den großen Anlässen sieht, und an solchen Tagen beschimpft sie meine Mutter.

Ich glaube, in dem Moment ist mir diese Idee gekommen. Die Idee, Margueritte zu adoptieren. Ich weiß, dass das nicht geht, eine volljährige Alte zu adoptieren. Aber das Gesetz ist an dieser Stelle schlecht gemacht. Ich sage Ihnen, man sollte das können! Wenn die Dinge wären, wie sie sein sollten, dann wäre es so gelaufen: Margueritte hätte eine Tochter gehabt. Und diese Tochter wäre später meine Mutter geworden – nicht wirklich meine, eine andere, viel bessere –, und ich wäre aus einer Liebesgeschichte zwischen meinem Vater und ihr entstanden und nicht nur aus Versehen. Und wir wären alle glücklich gewesen wie die Könige. So.

Aber warum sollte der Herr es einfach machen, wenn es kompliziert geht? Ich sage das, ohne Ihn wieder kritisieren zu wollen, aber ich bin schon ein bisschen genervt.

Ich dachte mir: Margueritte, die redet mit mir und hört mir auch zu. Wenn ich ihr Fragen stelle, antwortet sie mir. Es gibt immer was Neues, das sie mir beibringen kann. Wenn ich mit ihr zusammen bin, denke ich nie an die Leere, die in meinem Kopf noch aufzufüllen ist, sondern nur an die Fülle, die ich ihr schon verdanke.

Deswegen kann man sich über mich lustig machen bis ans Ende der Zeit und mich völlig bescheuert finden, das ist mir egal: Margueritte war meine gute Fee. Mit ihrem Zauberstab hat sie mich in einen Gemüsegarten verwandelt. Ich war nichts als ein Stück Brachland, und durch sie habe ich auf einmal gefühlt, wie mir Blumen, Früchte, Blätter und Äste wuchsen ... Das sagt Landremont immer, wenn er ein Mädchen anbaggert, obwohl ich nie so richtig verstanden habe, warum.

Margueritte war mein Quell der Weisheit. Und wegen diesem beschissenen Schicksalsschlag würde ich vielleicht auch bald klagen müssen: *Es gibt keine Brunnen mehr, es gibt nur noch Fata Morganas*, wie der arme Romain Gary sagt.

Ich hatte eine Stinkwut auf Gott, und diesmal habe ich nicht vor, mich dafür zu entschuldigen.

Dass er mir meine Wünsche nicht erfüllt, dass er ein Scheißleben für mich vorgesehen hat – geschenkt. Ich habe nie brav meine Gebete aufgesagt und den ganzen Kram. Das Vaterunser beherrsche ich in groben Zügen, ein Stückchen hier, ein Stückchen da, Dein Reich komme, Dein Wille geschehe, Amen, und weiter geht's! Ich setze nie einen Fuß in die Kirche, außer wenn man mich zu Hochzeiten und Taufen einlädt, oder zu Beerdigungen.

Ich lebe sogar ein bisschen in Sünde, wenn man sich die Zehn Gebote anschaut.

Zum Beispiel das dritte: Ich habe schon oft Seinen Namen *missbraucht*, und die Tatsache, dass ich besoffen war, ist nicht unbedingt ein mildernder Umstand.

Was das fünfte angeht, *Du sollst deinen Vater und deine Mutter ehren,* da hat Er seine Arbeit schlecht gemacht. Vater habe ich keinen. Und meine Mutter, die ertrage ich nicht mehr.

Bei *Du sollst nicht ehebrechen* habe ich mir nicht wirklich was vorzuwerfen, nur hat Er den Bogen da etwas überspannt, von wegen *Schon wer eine Frau mit begehrlichen Blicken ansieht, der hat im Herzen mit ihr die Ehe gebrochen*. Und damit bin ich draußen, weil die Frau von Julien und die von Jacques Devallée – tut mir leid, die sind einfach heiß.

Was das achte Gebot angeht, *Du sollst nicht stehlen*, bin ich auch kein unbeschriebenes Blatt, wegen meinem Messer und verschiedenen anderen Sachen, aber das brauchen wir jetzt nicht alles aufführen, wir sind ja nicht bei der Steuer.

Wenn man sich das alles anschaut, ist es kein Wunder, wenn der Herr mich in der Ecke stehenlässt, ich habe es herausgefordert und muss ganz still sein.

Aber Margueritte?

Sie ist nett, sie stört niemanden, sie liest vor wie im Radio, und dann trifft sie so ein Schlag? Das ist doch nicht normal, so eine Ungerechtigkeit! Dabei kenne ich welche, die ihre Zeit damit verbracht haben, anderen das Leben zur Hölle zu machen, und die mit fünfundneunzig friedlich in ihrem Bett sterben, rüstig bis zum Schluss. Man möchte meinen, dass die Galle böse Menschen so gut konserviert wie der Essig die Gurken.

Ich war so frustriert, dass ich schließlich mit Annette darüber geredet habe.

Das war keine einfache Sache, denn wenn man mal damit anfängt, sein Herz auszuschütten, weiß man nie, wo einen das hinführt.

Man meint, man packt zwei, drei Sachen aus und nichts weiter, aber das ist, wie wenn man Seife auf die Treppe geschmiert hat, ein Schritt zu viel, und bums, schon liegt man unten, total im Eimer, weil man so viel gesagt hat.

Tatsächlich kam es mir sehr indiskret vor, von Margueritte zu reden, in Bezug auf mich selbst. Ich hätte nicht gedacht, dass es so viel zu erzählen gäbe. Ich musste ja erst mal erklären, wo wir uns kennengelernt haben. Und vom Park erzählen, wo ich mehr oder weniger jeden Nachmittag rumhänge, weil ich allein zu Hause Zustände kriege, und in meinem Gemüsegarten will ich ja auch nicht den ganzen

Tag verbringen, vor allem, seit meine Mutter da immer die Vogelscheuche spielt. Und ich musste von den vielen Stunden erzählen, wo diese kleine Alte mir Geschichten vorgelesen hat. Von den Gesprächen, die wir miteinander führen, über das Leben, die Tauben, die Filzläuse und den ganzen Rest. Von den Büchern, die sie mir schenkt und die ich dann mit dem Leuchtstift und mit dem Finger buchstabiere, weil ich sonst durcheinanderkomme und dreimal die gleiche Zeile lese, und dann verstehe ich bald gar nichts mehr davon, was da steht. Ganz zu schweigen von dem Wörterbuch, das ich jetzt oft benutze, mit Hilfe der Merkzettel, die Margueritte mir macht – wie soll das denn bloß weitergehen? Und eben diese verdammte Angst, nie mehr was allein lesen zu können, weil, wenn Margueritte mir nicht das ganze Buch vorher erzählt, dann befürchte ich, dass es mir zu den Augen reingeht und sofort wieder raus, ohne den Umweg übers Gehirn zu nehmen.

Ich habe Annette nicht alles gesagt. Es war schon verdammt viel, zuzugeben, was für ein armer Trottel ich bin, der kaum besser lesen kann als ein siebenjähriger Bengel. Deswegen habe ich das Gefallenendenkmal und das Taubenzählen fürs Erste weggelassen. Später mal, habe ich mir gesagt. Vielleicht.

Annette hatte Tränen in den Augen, als ich ihr von dieser Krankheit erzählt habe, deren Namen ich schon nicht mehr weiß.

»Die Arme, und was kann man da machen?«

»Gar nichts kann man da machen, das ist es ja, was mir so stinkt.«

»Ja, das kann ich gut verstehen.«

»Ich weiß nicht«, habe ich gesagt. »Ich weiß nicht, ob du mich verstehen kannst, mit den Büchern und allem.«

»Das ist nicht schlimm, weißt du. Für mich ändert es

nichts, wenn du im Lesen kein Ass bist. Du bist in anderen Sachen gut. Und Bücher kann ich dir auch vorlesen.«

»Hast du welche?«

»Nicht so viele. Aber man kann in der Bibliothek welche holen, Rue Emile Zola.«

»Na ja, aber weißt du, was das kostet?«

»Gar nichts kostet das, es ist umsonst, das ist ja das Gute! Meine Schwester geht für ihre Kinder hin, sie kann drei Bücher auf einmal ausleihen, für zwei Wochen.«

»Kann man auch weniger als drei nehmen?«

»Man kann ein einziges nehmen oder auch gar keins, wenn man will, das ist kein Problem.«

»Und länger behalten, geht das auch?«

»Das weiß ich nicht genau. Ich glaube, danach muss man Strafe zahlen. Ich frag mal meine Schwester.«

Anschließend haben wir eine Weile über andere Sachen geredet und dann nur noch mit unseren Händen.

Ich bin ganz verrückt nach dieser Frau, es ist, als wäre sie von Kopf bis Fuß mit Leim eingeschmiert: Wenn ich sie berühre, hänge ich fest. Schlimmer als ein Magnet.

Vielleicht ist das Liebe, diese Anziehung.

Ich bin bei Youss vorbeigegangen.

Das ist mir so eingefallen, aus heiterem Himmel. Gegen acht Uhr abends bin ich zu ihm, das ist der beste Moment, um ihn zu Hause anzutreffen.

Er hat aufgemacht, und ich habe gesagt: »Bist du blöd oder was?«

»Hallo, willst du einen Tee? Komm rein«, hat er gemeint.

Ich habe mich auf einen Puff gesetzt, um nicht unhöflich zu sein, aber verdammt, ich hasse diese Dinger, ich weiß nie, wohin mit meinen langen Knochen, und kriege Krämpfe in den Füßen.

Youssef hat gesagt: »Du siehst aus, als hättest du ein Problem.«

Da habe ich ihn Knall auf Fall gefragt: »Was ist denn das für eine Geschichte mit Stéphanie? Stimmt das, dass du was mit ihr hast?«

»Ja ... Willst du Pfefferminztee?«

Und da habe ich festgestellt, dass ich plötzlich auf einer höheren Evolutionsstufe stand. Denn statt ihm gute Ratschläge zu geben im Stil von »Hast ja recht, sie ist echt scharf, genieß es!«, habe ich gesagt: »Und was ist mit Francine?«

Youssef hat mit den Schultern gezuckt. »Ach, keine Ahnung. Ich zögere noch, verstehst du?«

»Bist du in Stéphanie verliebt?«

»Weiß ich nicht genau. Ich glaube, ich hab mich irgendwie einwickeln lassen. Sie wirbelte so um mich rum, und sie ist ja echt süß …«

Das Gegenteil könnte man sicher nicht behaupten! Sie hat ein Paar Brüste, da geht dir beim bloßen Anblick das Messer in der Hose auf.

»Aber ein bisschen jung ist sie schon …«

»Und Francine ist es nicht mehr, verstehst du, das ist das Problem. Aber wenn ich mit Francine zusammen bin, ist es auch gut. Das ist ja das Blöde. Ich weiß nicht, für wen ich mich entscheiden soll.«

Man merkte, dass er ziemlich in der Klemme war. Mit Youssef fühle ich mich wie ein Vater. Ich rede mit ihm so, als wenn er mein Sohn wäre. »Hast du nicht Angst, dir den Schwanz zwischen zwei Stühlen einzuklemmen, bei dem ganzen Hin und Her?«

»Was würdest du denn an meiner Stelle machen?«

»Pff, du bist gut! Ich bin nicht an deiner Stelle. Ich finde es schwer genug, an meiner zu sein, verstehst du, da musst du schon selbst …«

»Wie geht es Francine?«

»Wie soll es ihr gehen? Sie heult die ganze Zeit.«

»Scheiße.«

»Tja … Hör mal, Youss, nimm's mir nicht übel, aber ich setz mich jetzt mal auf einen Hocker, weil dein dickes Kissen da, das ist Gift für meine Knie …«

»Komm mit in die Küche. Ich habe Lammsuppe gekocht, willst du welche?«

Wir haben über Francine geredet, über Annette, über unsere Mütter – vor allem über seine, die gestorben ist, als er neun war. So viel Glück hat nicht jeder.

Youssef hat gesagt, was ihn bei Francine am meisten stört, ist, dass sie zum Kinderkriegen schon über das Verfallsdatum hinaus ist. Und Youss ist ganz verrückt nach Kindern, er hat seine fünf Schwestern großgezogen. Vor allem Fatia, die Jüngste, siebzehn, ein total verrücktes Huhn, aber so süß, dass sie die ganze Welt nach ihrer Pfeife tanzen lassen könnte, das kleine Biest.

Youss kann sich also ein Leben ohne Fläschchen und Windeln nicht vorstellen, was ich noch vor kurzem verdammt unnatürlich gefunden hätte für einen Mann. Aber das Komische war, dass ich, als ich ihm so zuhörte, plötzlich auch Lust bekam.

»Bist du sicher, dass Francine dir keins mehr machen kann?«

»Na ja, sie ist sechsundvierzig …«

»Dann adoptiert ihr eben eins. Sie kann vielleicht keins mehr selbst machen, aber großziehen, das kriegt sie definitiv hin. Unglückliche Kinder sind nicht so außergewöhnlich, dass sie wirklich selten wären, weißt du.«

»Das glaubst du.«

»Das glaube ich nicht, das weiß ich.«

»Na ja, aber wir sind auch sechzehn Jahre auseinander …«

»Trifft sich doch gut: Bei dem Altersunterschied könnt ihr später zusammen abkratzen, und sie muss nicht deine Witwe werden. Ehrlich, du zerbrichst dir da umsonst den Kopf.«

»Vielleicht hast du recht«, hat er gesagt.

Daraufhin sind wir auseinandergegangen, und auf dem Nachhauseweg habe ich bemerkt, dass wir über nichts anderes geredet hatten als über Frauen. Und dass Annette mir fehlte, nicht nur wegen ihrer Haut.

Also bin ich zu ihr gegangen.

Ich habe nachgedacht.

Und ich bin zu folgendem Ergebnis gekommen: Auch wenn Annette mir Bücher vorlesen kann, will ich trotzdem versuchen, eins oder zwei allein zu lesen. Und zwar ganz. Wenn ich das schaffe, könnte ich vielleicht auch Margueritte vorlesen, wenn sie nichts mehr sieht.

Das habe ich mir so gesagt.

Ich bin in die Bücherei gegangen, weil Annette davon geredet hat und wegen Monsieur Bâ, seinen Alten und den verbrennenden Bibliotheken. Es ist praktisch, der Eintritt ist tatsächlich frei.

Und drinnen waren meterweise Bücher! So viele, dass es einem das Lesen verleiden könnte, denn wie Landremont sagt: »Wer die Wahl hat, hat die Qual.«

Ich stand da, ohne mich für irgendwas entscheiden zu können, sodass eine Frau, die hinter einem Schreibtisch saß, mich nach einer Weile gefragt hat: »Suchen Sie etwas?«

»Ein Buch«, habe ich geantwortet.

»Da sind Sie hier richtig! Wenn ich Ihnen helfen kann …«

»Ja, gern.«

»Welchen Titel möchten Sie? Welchen Autor?«

Pff! Woher sollte ich das denn wissen?

Sie schien auf meine Antwort zu warten.

Ich habe gedacht: Wenn das so weitergeht, kriegt sie mit,

dass ein Typ wie ich hier nichts zu suchen hat, und schmeißt mich raus. Da habe ich gesagt: »Eigentlich suche ich kein bestimmtes … Ich will einfach nur ein Buch zum Lesen.«

»Aha, gut, ich verstehe …« Und mit einem strahlenden Lächeln, als ob sie mir was verkaufen wollte: »Sachbuch, Essay, Belletristik?«

»Nein, nein, einfach ein Buch, das eine Geschichte erzählt, verstehen Sie?«

»Belletristik also. Was für eine Sorte?«

»Kurz«, habe ich gesagt.

»Novellen?«

»Ach nein. Erfundene Geschichten.«

»…? Einen Roman?«

»Ja genau, einen Roman. Ein Roman ist gut. Aber sehr kurz.«

Sie ist aufgestanden und zu den Regalen rübergegangen, wobei sie vor sich hin gemurmelt hat: »Ein sehr kurzer Roman … Ein sehr kurzer Roman …«

»Und leicht, wenn's geht.«

Sie ist mit einem großen Fragezeichen im Gesicht stehen geblieben: »Für ein Kind welchen Alters soll es denn sein?«

Sie fing an, mir ernstlich auf den Senkel zu gehen, die Gute. »Es ist für meine Großmutter.«

In dem Moment ist ein Mann mit zwei überdrehten Bälgern aufgetaucht und hat ihr zugewinkt.

Da ist sie abgedampft mit den Worten: »Ich komme gleich wieder, schauen Sie sich doch so lange um. Die Romane für Erwachsene sind dort.«

Und sie hat mir sechs Reihen gezeigt, jede drei Meter lang und eins achtzig hoch, lackiertes Buchenfurnier mit Profilkanten an den Vorderseiten und innen perforierten Seitenbrettern. Ich bin ein bisschen dazwischen rumgelaufen und habe hier und da ein Buch rausgenommen.

Aber es waren zu viele, und sie sahen alle gleich aus, oder jedenfalls fast, das hat mich entmutigt. Da habe ich einen kleinen Jungen gesehen, direkt vor mir, in der Kinderecke. Er schaute sich mit gerunzelter Stirn die Titel an, nahm ein Buch raus, las, was auf der Rückseite stand, und stellte es dann zurück. Etwas weiter nahm er ein anderes raus, und das Gleiche ging von vorn los.

Ich habe mir gesagt: Das ist nicht blöd! Mal sehen, was sie hintendrauf über die Geschichte erzählen, das wird mir helfen.

Aber es hat mir nicht geholfen.

Was die hinten auf die Romane schreiben, da fragt man sich, ob es wirklich dafür gedacht ist, dass man Lust aufs Lesen kriegt. Sicher ist jedenfalls, dass es nicht für Leute wie mich gemacht ist. Nichts als Wörter zum Davonlaufen – *introspektiv, existenzielle Suche, bewundernswerte Konzision, polyphoner Roman* … – und kein einziges Buch, wo einfach stand: Das ist eine Geschichte, die von Abenteuern oder Liebe erzählt – oder von Indianern. Und Schluss.

Ich sagte mir: Wenn du nicht mal die Zusammenfassung verstehst, wie willst du dann den Rest kapieren, du armer Blödmann?

Die Sache mit den Büchern und mir war nach wie vor schwierig, da war einfach der Wurm drin.

In dem Moment ist die Frau zurückgekommen und hat gefragt: »Haben Sie gefunden, was Sie wollten?«

Ich wusste nicht, wie ich nein sagen sollte, deshalb habe ich ihr ein Büchlein gezeigt, das ich gerade auf gut Glück rausgezogen hatte. »Ja, danke, ich möchte dieses hier.«

Sie hat das Buch mit großen Augen angeschaut, ich kam mir ganz blöd vor. Dann habe ich mir gedacht, egal, stehe ich eben mal wieder als Volltrottel da. »Meinen Sie, das könnte was für meine Großmutter sein?«

Sie hat gelächelt. »Oh! Ja, ja, natürlich! Ich bin nur überrascht, weil Sie sagten, Sie wollten keine Novellen, aber … Nein, das ist eine sehr gute Wahl. Es ist sehr schön, vor allem die erste Geschichte, nach der das Buch benannt ist, Sie werden sehen. Es ist poetisch, ergreifend … Ich bin sicher, dass es ihr gefallen wird.«

Dann hat sie mir eine Karteikarte ausgestellt. »Sie können die Bücher zwei Wochen behalten und immer drei gleichzeitig ausleihen.«

Ich habe gesagt: »Gut, danke und auf Wiedersehen!«

Beim Rausgehen habe ich mir den Titel angeschaut: *Das Kind vom hohen Meer.*

Ich war neugierig, wovon das wohl handelte.

Ich habe es nicht gleich aufgemacht. Ich habe erst zwei, drei Tage gewartet. Manchmal nahm ich das Buch nur in die Hand, um zu sehen, was passiert. Ich hob den Deckel ein bisschen hoch, ganz unauffällig, wie ein Lustmolch, der den Mädchen unter die Röcke guckt, aber dann klappte ich es sofort wieder zu und haute ab, in die Kneipe oder in den Garten.

Dann habe ich die Stimme in meinem Kopf gehört, die sagte: *Germain, verdammt, was soll das? Hast du Angst vor einem Buch oder was? Hast du mal an Margueritte gedacht?*

Da habe ich mir gesagt: Okay, ich versuche es. Aber wenn ich es nicht schaffe, alles zu verstehen, was auf der ersten Seite steht – zumindest fast –, dann schmeiß ich es hin.

Und dann habe ich angefangen.

Wie war diese schwimmende Straße entstanden?

Bis dahin ging es. Es ergab zwar noch keinen Sinn, aber es funktionierte.

Welche Seeleute hatten sie, mit Hilfe welcher Architekten, auf der Oberfläche des offenen Atlantiks erbaut, über einer Tiefe von sechstausend Metern? Sechstausend Meter? Wenn ich drei Nullen wegnehme, macht das … sechzig … nee, sechs … das sind sechs Kilometer. Eine Tiefe von sechs Kilometern? Mannomann, das ist ein ganz schöner Abgrund, sechs Kilometer!

Donnerwetter.

Diese lange Straße … diese mit Schiefer und Ziegeln gedeckten Dächer … Es ging immer noch.

… diese unwandelbaren bescheidenen Läden?

Verdammt, habe ich gedacht, jetzt geht's los! Un-wan-del-bar. Also …

O, P, Q, R … S, T, U.

Uf, Uh, Um, Un, da ist es.

Un-a, Un-f, Un-t, Un-v, Un-w … Hier.

Unwandelbar – *was nicht wandelbar ist, was immer gleich bleibt.* Läden, die sich nicht verändern, also. Wie bei Moredon, dem Bäcker in der Rue Paille, der so geizig ist, dass er seine Fassade seit zwanzig Jahren nicht gestrichen hat – das sollte er aber, weil es langsam echt runtergekommen aussieht.

Ich habe bis ganz unten gelesen: *Und wie nur hielt das alles aufrecht, ohne dass es in den Wellen hin und her schwankte?*

Na also! Ich hatte die erste Seite ohne Probleme geschafft, weil ich nämlich, ohne angeben zu wollen, bis auf ein Wort alles verstehen konnte.

Mir war nicht ganz klar, worauf die Geschichte hinauslaufen sollte, aber ich habe umgeblättert.

Und auf der nächsten Seite war da dieses kleine zwölfjährige Mädchen, das allein eine flüssige Straße entlangging – am Anfang hatte ich etwas Mühe, mir das vorzustellen, aber dann ging es, ich dachte, es ist eigentlich wie in Venedig.

Ein kleines Mädchen, das einschlief, wenn sich auf dem Ozean ein Schiff näherte. Und wenn es einschlief, verschwand das Dorf mit ihm in den Wogen – *siehe: Wellen, Fluten, Wassermassen.*

Und niemand wusste, dass es diese Kleine gab. Kein Mensch.

Sie fand in den Vorratsschränken immer was zu essen und auf dem Ladentisch der Bäckerei frisches Brot. Wenn sie ein

Marmeladenglas aufmachte, *so wurde sein Inhalt doch nicht weniger*. Sie hätte dafür ein Patent anmelden sollen, ihr Trick würde sicher alle möglichen öffentlichen Einrichtungen interessieren, zum Beispiel die Schulkantinen oder Essen auf Rädern.

Sie betrachtete alte Fotoalben. Sie tat so, als würde sie in die Schule gehen. Morgens und abends machte sie die Fenster auf und zu. *Nachts zündete sie Kerzen an oder nähte beim Schein einer Lampe*. Und mir – es ist albern, ich weiß –, mir gab es einen Stich, zu wissen, dass sie da war, diese Kleine, mitten im Nichts. Ich war in meinem Leben noch nie jemandem begegnet – nicht mal in einem Buch –, der dermaßen allein war, dermaßen abgeschnitten von allem.

Ich bin ziemlich schnell bis ans Ende gekommen, in nur drei Tagen – denn das Buch besteht nicht nur aus *einer* Geschichte. Es sind mehrere kurze, hintereinander.

Das letzte Stück, das mit *Seeleute, die ihr auf hohem Meere träumt* anfängt, habe ich zwei Mal gelesen, um sicher zu sein, dass ich es wirklich verstand. Dann habe ich noch mal von vorn angefangen. Und noch mal.

Ich sah sie vor mir, die Kleine, wie sie in der Schule so tat, als ob sie der Lehrerin zuhörte. Und wie sie danach brav ihre Hausaufgaben machte. Ich sagte mir, bestimmt streckt sie ein bisschen die Zungenspitze raus, wenn sie schreibt, sie hat sich die Finger sicher mit Tinte bekleckst und wird ihre Schrift verschmieren – das passierte mir in ihrem Alter ständig.

Aber nein, sie war ordentlicher als ich, sie hatte sauber geführte Hefte.

Sie schaute sich im Spiegel an und hatte es eilig, größer zu werden.

Und das verstand ich verdammt gut, denn wenn man klein ist, wartet man nur auf eins, nämlich dass es endlich anfängt. Das Leben. Und um die Zeit bis dahin rumzukriegen, macht man eben Blödsinn.

Man träumt jahrelang davon, groß zu werden, und das alles nur, um später zu bedauern, dass man nicht mehr klein ist.

Na ja, das sind so Nebenbemerkungen – Gedanken, die man nur für sich selbst hat.

Als der kleine *Frachtdampfer mit einer mächtigen Rauchfahne* mitten durchs Dorf fährt, da habe ich mir gesagt, jetzt wird sie gerettet, die Kleine. Aber nein. Und als eine Welle sie holen kommt, *eine mächtige Welle*, mit *zwei Augen aus Schaum, die wie echte Augen aussahen*, um ihr beim Sterben zu helfen, das aber nicht schafft, da könnte man echt ausflippen – ich jedenfalls.

Doch das Komische an der Geschichte war: Je weiter ich las, desto älter wurde sie in meinem Kopf, die Kleine. Tatsächlich wurde sie Margueritte immer ähnlicher. Sie wurde ein altes kleines Mädchen, zart wie ein Spatz, mit den Augen von Margueritte und ihren graulila Haaren.

Und je ähnlicher sie ihr wurde, desto mehr schnürte es mir die Kehle zu, als ich den Schluss wieder las, wo es um ein Wesen geht, das *weder leben noch sterben, noch lieben kann und das doch leidet, als lebte, als liebte es, als stünde es immer im Begriff zu sterben – ein in den Meereseinsamkeiten unendlich verlassenes Wesen.*

Ich hätte nicht sagen können, warum, aber ich hatte das Gefühl, dass sich in Marguerittes Innerem dieses traurige kleine Mädchen versteckte, das auf die Welle wartete, die einfach nicht kommen wollte.

Manchmal hat man so komische Ideen.

Davor hatte ich mir Margueritte nie so genau angeschaut. Ich sah sie von weitem über die Allee näher trippeln. Oder aber sie saß schon auf der Bank und wartete auf mich. Wir begrüßten uns, wir zählten die Tauben, wir lasen unsere Bücher, ohne einander ständig anzustarren. Heute beobachte ich sie aber.

Beobachten, das ist mit Sinn und Verstand schauen, mit dem Gedanken, dass man sich erinnern will. Und schlagartig sieht man besser. Klar, man bemerkt auch Sachen, die man lieber nicht hätte sehen wollen, und das ist dann Pech.

Zum Beispiel, wenn sie schreibt – und auch wenn sie liest –, da dreht sie jetzt den Kopf ein bisschen zur Seite. Am Anfang fand ich das ulkig, diese neue Angewohnheit. Ich sagte mir: »So was! Sie macht es wie die Vögel und schaut sich alles von der Seite an, den Kopf etwas schräg gelegt.« Nur ist das eben keine Pose, die sie zum Spaß einnimmt. Überhaupt nicht. Sie dreht den Kopf, weil sie schon nicht mehr klar erkennen kann, was direkt vor ihr ist. Sie sieht das Leben nur noch aus dem Augenwinkel.

Und wenn sie läuft, dann spürt man, dass sie leicht zögert. Jedenfalls wenn man sie beobachtet, dann merkt man das genau.

Sonst nämlich, wenn man bloß ein Riesenegoist ist, so wie ich früher einer war, merkt man gar nichts.

Wenn wir jetzt auseinandergehen, dann begleite ich sie bis zum großen Gittertor am Boulevard de la Libération. Ich würde mich schämen, sie allein gehen zu lassen.

Ich sage zu ihr: »Ich komme mit, Margueritte, ich begleite Sie bis zum Tor.«

Und sie antwortet: »Ach nein, Germain, Sie sind so freundlich, aber es ist mir unangenehm. Das ist doch für Sie ein großer Umweg!«

»Das ist gar kein Problem.« Und von wegen *großer Umweg*, es sind vielleicht um die zweihundert Meter. Aber für die Alten muss das verdammt viel länger sein.

»Trotzdem, Sie verlieren meinetwegen Zeit, das sehe ich doch!«

Zeit habe ich mehr als genug. Was würde ich gewinnen, wenn ich aufhören würde, welche zu verlieren?

Ich gehe neben ihr her. Man könnte fast sagen, *über ihr*, so klein ist sie, ich überrage sie um gut fünfzig Zentimeter.

Manchmal juckt es mich in den Fingern, sie am Arm zu nehmen, wenn ich sehe, wie sie aus der Spur läuft, statt gerade in der Mitte der Allee zu bleiben. Aber ich lasse sie, solange sie sich allein auf den Beinen halten kann. Ich will sie ja auch nicht demütigen. Wenn sie ein bisschen zu weit von der Bahn abkommt, gehe ich einfach nur auf die andere Seite – ganz unauffällig, keiner merkt was – und lenke sie zurück zur Mitte.

Wenn wir den Park verlassen, traue ich mich nicht, bis zu ihrem Altenheim mitzugehen. Ich lehne mich ans Tor und sehe ihr nach, wie sie davonwackelt wie ein altes Entlein.

Ich behalte sie im Auge, für alle Fälle.

Ich stelle mir vor, wie sie durch diesen verdammten Verkehr tippelt, die Zebrastreifen, die drängelnden Leute, und denke: Scheiße. Ich würde am liebsten hinter ihr herrennen, die Autos anhalten, den Leuten Angst einjagen, damit sie den Gehweg für sich allein hat.

Und ich sage mir, dass es nicht viel entspannter ist, an einer Großmutter zu hängen, als sich zu verlieben.

Ganz im Gegenteil.

Ich habe mir die Zeit genommen, die es brauchte, um richtig lesen zu können. In manchen Sachen bin ich ziemlich stur. Und eines Nachmittags, als sich Margueritte zu mir auf die Bank setzte, habe ich zu ihr gesagt: »Ich habe eine Überraschung für Sie!«

»Ach ja?« Und sie hat hinzugefügt: »Ich liebe Überraschungen.«

»Sie sind mir ja wirklich eine echte Frau …«

Sie hat gelacht. »Ach, sagen wir mal, ein Relikt davon.«

Sie hat es mir erklärt. Da habe ich auch gelacht.

»Also? Die Überraschung?«

»Machen Sie die Augen zu«, habe ich gesagt.

Sie dachte vielleicht, ich würde ihr ein Geschenk geben oder Pralinen, was weiß ich. Aber ich habe ihr nur gesagt: »Sie werden sehen, es ist poetisch und ergreifend.«

Dann habe ich angefangen, und – Sie werden es mir vielleicht nicht glauben – ich hatte verdammt Schiss.

»*Wie war diese schwimmende Straße entstanden? Welche Seeleute hatten sie, mit Hilfe welcher Architekten, auf der Oberfläche des offenen Atlantiks erbaut, über einer Tiefe von sechstausend Metern?* … Das sind sechs Kilometer«, habe ich erklärt.

Sie hat gelächelt, ohne die Augen zu öffnen.

Also habe ich weitergelesen.

Ich hatte geübt, müssen Sie wissen. Zuerst allein, nur im

Kopf, dann laut. Und dann vor Annette, die mir sagte: »Warte, ja, das ist gut! Nicht ganz so laut … ein bisschen schneller!« – Man hätte meinen können, wir machten Liebe.

»Das Kind glaubte, es wäre das einzige kleine Mädchen auf der ganzen Welt. Aber wusste es überhaupt, dass es ein kleines Mädchen war? … «

Margueritte hörte brav zu, die Hände auf den Knien gefaltet. Es war ein komisches Gefühl, mitten im Park zu sitzen und laut zu lesen, für vierzehn Tauben und eine alte Dame.

Und während ich der Geschichte folgte, dachte ich gleichzeitig – sozusagen auf einem anderen Kanal: »Wenn dieser Mistkerl von Monsieur Bayle mich jetzt sehen könnte! Er und die anderen. Alle anderen.«

Ich glaube, ich war stolz auf mich.

Auf Seite elf habe ich aufgehört, nach: *Das Kind vom hohen Meer kannte diese fernen Länder nicht, es wusste nichts von diesem Charles und diesem Steenvoorde*. Letzteres las ich etwas stockend, *Ste-en-vo-orde*, aber ich kann eben kein Ausländisch, und es stehen keine Untertitel mit der Aussprache dabei.

»Wollen wir vielleicht ein anderes Mal weiterlesen?«, habe ich gefragt. »Ich muss das Buch nämlich in die Bibliothek zurückbringen. Aber ich leihe es noch mal aus, wenn Sie wollen. Ist kein Problem, kostet ja nichts.«

Margueritte hat die Augen aufgemacht und gesagt: »Germain, das war wirklich eine schöne Überraschung! Ich weiß gar nicht, wie ich Ihnen danken soll …« Aber dann hat sie sofort gemeint: »Obwohl … ich habe da vielleicht eine Idee. Wären Sie bereit, mich in den nächsten Tagen einmal bis zu meiner Wohnung zu begleiten?«

»Na klar! Gleich heute sogar, wenn Sie wollen.«

»Macht es Ihnen auch nichts aus?«

»Überhaupt kein Problem!«

An diesem Tag hat sie mir also nichts vorgelesen, da ich das ja übernommen hatte. Sie hat mich nur gebeten, ein anderes Mal weiterzumachen, wenn ich so nett wäre.

Ich habe gesagt: »Sicher, warum nicht? Wenn es Ihnen eine Freude macht …«

Ich wäre ganz schön enttäuscht gewesen, wenn sie das nicht gefragt hätte, nach der ganzen Zeit, die ich gebraucht hatte, um zu lernen, diese verdammte Geschichte vorzulesen, die so poetisch war. Und so ergreifend.

Dann haben wir über alles im Allgemeinen und über nichts im Besonderen geredet.

Und auf einmal hat sie aus heiterem Himmel gesagt: »Wissen Sie, ich fürchte, ich werde mir sehr bald einen Stock kaufen müssen. Ich sehe inzwischen nicht immer genau, wenn Hindernisse auf meinem Weg sind.«

»Macht Ihnen das Kummer?«

»Nun, um ehrlich zu sein … Sagen wir, dass ich etwas Mühe habe, mich mit dem Gedanken anzufreunden.«

»Wollen Sie einen aus Metall oder Holz?«

»Oh, aus Holz, das ist mir lieber! Aus Metall, das wäre wie eine Prothese. Das kommt dann, wenn ich alt bin … Da habe ich doch noch Zeit, nicht wahr?«

Ich habe gelacht. Sie auch.

Ich habe gesagt: »Ich frage das, weil ich weiß, wo man schöne Stöcke finden kann, aus Kastanienholz. Es ist jemand, den ich kenne, er hat das Handwerk von seinem Vater gelernt. Hätten Sie nicht Lust, mit mir zusammen hinzufahren? Vielleicht an einem Sonntag? Es ist nicht mal eine Stunde von hier, nur Landstraße, und ich fahre auch nicht zu schnell.«

Sie hat betrübt geantwortet: »Sie werden mich lächerlich finden, Germain, aber ich vertrage das Autofahren nicht, mir wird schrecklich schlecht, wenn ich nicht am Steuer sitze …

Als ich noch selbst fuhr, hatte ich dieses Problem nicht, aber jetzt kommt das für mich leider nicht mehr in Frage. Ich wäre eine öffentliche Gefahr.«

»Ich kann für Sie hingehen, wenn ich mit meiner Freundin spazieren fahre. Dann bringe ich Ihnen einen Katalog mit.«

»Nun, wenn es Ihnen nichts ausmacht, sehr gern. Ich muss zugeben, dass ich recht stolz wäre, mit einem hübschen Stock aus Kastanienholz im Park spazieren zu gehen …«

»Gebongt, so machen wir's!«

Sie hat mich gefragt, ob ich immer noch einverstanden wäre, sie nach Hause zu begleiten.

Ich habe gesagt: »Na klar!« Ich bin ja keine Wetterfahne.

Sie lebt in einer Wohnung, die so groß ist wie eine Briefmarke.

Schlafzimmer – Wohnzimmer – Balkon. Aber die Lage ist gut, weder laut noch feucht. Es geht. Es fehlt an Garten, aber es geht.

Sie hat mir lauter schöne Sachen gezeigt, die sie von überallher mitgebracht hat. Und dann hat sie gesagt: »Nun sind Sie dran, die Augen zu schließen, Germain … Aber Sie dürfen nicht mogeln, versprochen?«

»Ich schwör's!«

Ich habe gehört, wie sie eine Schublade aufgezogen und was gesucht hat. Dann ist sie zu mir zurückgekommen und hat gesagt, ich soll die Hand ausstrecken. Sie hat was reingelegt, das ein bisschen schwer, ein bisschen kalt war.

»Jetzt können Sie die Augen öffnen.«

Ich habe sie aufgemacht. Ich habe gesagt: »Meine Fresse!« Und sofort darauf: »Oh, Verzeihung! Ich meine, es ist unheimlich schön … Das kann ich nicht annehmen …«

»Ich bitte Sie, mir zuliebe.«

Es war ein Taschenmesser, ein Laguiole, aber was für eins, ein echtes Schmuckstück! Mit einer Damastklinge aus geschmiedetem Stahl, einem Griff aus Hornspitze, Heftbacken und Platinen aus Messing, und dazu ein schönes Lederetui, um es bei sich zu tragen.

Ein Messer, das ein Heidengeld kosten würde, sogar bei den Jíbaros.

»Ich muss Ihnen eine Münze dafür geben«, habe ich gesagt und in meiner Tasche gekramt.

»Eine Münze? Warum?«

»Weil wir sonst Streit bekommen würden. Wussten Sie das nicht?«

»Nein. Erklären Sie es mir?«

»Wenn man jemandem ein Messer schenkt, muss der einem immer ein bisschen Kleingeld dafür geben, im Tausch. Na ja, ich habe nur zwanzig Cent bei mir, aber es ist ja nicht der Wert, der zählt. Legen Sie die Münzen beiseite, Sie dürfen sie nicht ausgeben!«

Margueritte hat sehr ernst die Hand ausgestreckt. Sie hat gesagt: »Oho! Da muss ich aber einen sicheren Ort finden, den niemand außer mir kennt, um diesen kostbaren Schatz zu verstecken …«

Ich habe sie auch deshalb so gern, weil sie ein bisschen spinnt.

Ich habe getan, was ich gesagt habe. Ich bin hingefahren, um mir die Stöcke aus Kastanienholz anzuschauen. Aber allein. Nicht, weil ich Annette nicht dabeihaben wollte, aber ich hatte eine Idee im Kopf, und in solchen Momenten darf man mich nicht stören. Baralin, der Mann, der die Stöcke macht, ist ein Bekannter von mir.

Ich habe zu ihm gesagt: »Clément, ich brauche einen schönen Stock, nur geschmirgelt, auf keinen Fall lackiert.«

»Ist er für dich?«

»Nein, für meine Großmutter.«

»Wie groß ist sie denn?«

Ich habe es ihm gezeigt. »Na ja, sie reicht mir ungefähr bis hier …«

»Gut, dann nehmen wir mal besser die Kindergröße. Sie scheint ja nicht sehr hochgewachsen zu sein.«

Er hat mich in einem Haufen aussuchen lassen. Ich habe zwei genommen, für den Fall, dass ich es verpatze.

Am Anfang habe ich mich gefragt, was ich schnitzen sollte und ob nur am Griff oder den ganzen Schaft runter. Ich hatte beim Schnitzen noch nie an jemand Bestimmtes gedacht, außer einmal als Kind. Da hatte ich ein kleines Schaf gemacht, für Hélène Morin, in die ich verliebt war und die mich dann ganz schön blamiert hat, weil sie es in der ganzen Schule rumgezeigt hat, das Miststück. Ich habe sie mindestens einen Monat lang verflucht.

Später hat sie dann den dicken Blödmann Boiraut geheiratet. Alles rächt sich irgendwann.

Aber das jetzt war was ganz anderes.

Ich habe mich für einen Taubenkopf entschieden, mit einem langgestreckten Hals, so wie wenn sie auf Brotkrümel lauern, das passte genau in die Biegung des Griffs. Und den Schnabel, den habe ich eher wie ein Relief ins Holz geschnitten, damit es weich in der Hand liegt und am Ende schön rund ist. Für die Augen habe ich mit dem Lötkolben zwei Löcher eingebrannt. Das hat den Kopf auf einmal unheimlich lebendig gemacht. Dann habe ich alles mit ganz feinem Sandpapier abgeschmirgelt, mit einem Fensterleder poliert und schließlich lackiert. Das Ganze hat eine Weile gedauert – aber verdammt, es hat sich gelohnt!

Als ich fertig war, habe ich den Stock vor meinem Bett aufgestellt.

Annette hat gesagt, er wäre wunderschön, und dann ist sie zum Schlafen bei mir geblieben.

In der Nacht bin ich zweimal aufgestanden, angeblich zum Pinkeln, aber das war nur ein Vorwand, um den Stock zu betrachten. Ich habe noch keine Prostataprobleme.

Ich konnte es kaum erwarten, ihr mein Geschenk zu geben. Als Margueritte am Ende der Allee aufgetaucht ist, hat mein Herz ganz laut geklopft.

Ich bin aufgestanden, habe ihr den Stock hingehalten und gesagt: »Das ist für Sie!«

Ich hätte nichts anderes sagen können.

Sie hat mich von unten herauf angeschaut, den Kopf ein bisschen zur Seite gedreht. Sie hat den Stock genommen und wieder und wieder mit den Händen über den Griff gestrichen, ganz zart. Es sah aus, als würde sie eine echte Taube streicheln.

Ich habe gefragt: »Gefällt er Ihnen?«

»Nun, ich muss zugeben, dass er nicht hässlich ist …«

Nicht hässlich? Verdammt, das hat mich getroffen wie ein Dolchstoß.

»Das ist natürlich eine Litotes«, hat sie gesagt.

»Nein, es ist eine Taube!«

Sie hat gelächelt. »Germain, eine Litotes ist eine Stilfigur, das heißt, es ist bildlich gesprochen … Man sagt ›schwarz‹, um besser ›weiß‹ zu sagen. Zum Beispiel: Er ist nicht hässlich, das heißt in Wirklichkeit, dass ich den Stock ganz wunderbar finde. Er ist ein wahres Kunstwerk. Und ich bin sehr gerührt …« Plötzlich sah sie ganz aufgewühlt aus. »Das waren Sie, nicht wahr, Germain? Sie haben diesen Stock geschnitzt, oder?«

»Mit Ihrem Messer«, habe ich gesagt.

Das stimmte nicht: Ich kann nur mit einem Opinel und meinem Stechbeitel schnitzen. Aber ich wüsste nicht, inwiefern so eine kleine Lüge dem Herrn was ausmachen sollte, da er ja in Seinem neunten Gebot nur gesagt hat: *Du sollst kein falsch Zeugnis reden wider deinen Nächsten*. Ansonsten hat Er es nicht verboten zu lügen. Da werde ich ja wohl nicht päpstlicher sein als der Papst.

Jedenfalls war Margueritte sehr bewegt, als ich von ihrem Messer geredet habe, das habe ich genau gesehen: Sie hat ein feuchtes kleines »Ooh!« von sich gegeben und meine Hand gedrückt. Und dann hat sie ihren Stock den ganzen Nachmittag nicht mehr losgelassen. Also war es doch gut, die Sache etwas auszuschmücken.

Nach einer Weile hat sie zu mir gesagt: »Germain, wussten Sie, dass es vierhändige Partituren gibt, für Klavier?«

»Was für Dinger?«

»Manche Musikstücke können von zwei Personen zusammen gespielt werden, auf dem gleichen Instrument. Das heißt, eigentlich nur auf dem Klavier ...«

»Klar, auf der Blockflöte stelle ich es mir schwierig vor.«

Sie hat ihr Glöckchenlachen gelacht und gesagt: »Und da habe ich mir gedacht ... ich meine, wenn Sie einverstanden sind, natürlich ... Ich dachte mir, dass wir vielleicht zu zweit lesen könnten, solange noch Zeit ist.«

»Dass wir vieräugig lesen, ja?« Und dann habe ich gesagt: »Na klar!«

Das wird mir gefallen.

Am nächsten Tag waren wir bei Francine und haben die Kneipe gehütet, während sie einkaufen war. Ich habe mein Messer hervorgeholt und mir damit die Nägel sauber gemacht, so als ob nichts wäre.

Marco hat gerufen: »Donnerwetter! Was für ein herrliches Stück!«

»Zeig mal her«, hat Julien gesagt.

Landremont hat es auf Herz und Nieren geprüft, auf- und wieder zugeklappt, ist mit dem Daumen über die Schneide gefahren, als würde er was von Messern verstehen.

»Das ist saubere Arbeit«, hat er gesagt. »Wo hast du das denn ausgegraben?«

»Es ist ein Geschenk.«

Sie haben gefragt: »Von wem?«

»Von meiner Großmutter«, habe ich gesagt, ohne deutlicher zu werden.

»*Deiner* Großmutter?«, hat Landremont gemeint. »Redest du von der, die wir kennen? Der Mutter von deiner Mutter?«

»Von meiner Großmutter«, habe ich wiederholt.

»Die alte Hexe? Die macht dir jetzt Geschenke? Ich dachte, sie kann euch nicht leiden, deine Mutter und dich …«

»Die Weiber in deiner Familie haben wirklich einen Schuss«, hat Marco gemeint. »Ein Glück nur, dass du keine Schwester hast!«

Ich wollte ihm gerade sagen, dass er mich damit in Ruhe lassen soll, als Jojo sich auf ein Gläschen zu uns gesetzt hat.

Er hat gesagt: »Mannomann, du hast ja ein verdammt schönes Messer!«

Und bevor ich dazu kam, zu antworten, hat er weitergeredet: »Jungs, wir müssen bald Abschied nehmen … Ich ziehe um, habe in Bordeaux einen Job gefunden.«

Wir haben gesagt: »Ach?«

Julien hat bemerkt, das wäre ja nicht gerade nebenan.

»Aber eine schöne Stadt«, hat Landremont gemeint, der nie aus seiner Werkstatt rauskommt, aber viele Zeitschriften liest.

Marco hat gefragt: »Weiß Francine Bescheid?«

»Nee, ich hatte vor, heute Nacht klammheimlich abzuhauen …«

»Das ist aber nicht sehr nett von dir«, hat Marco gemeint.

»Vor allem ist es nicht wahr! Natürlich weiß Francine Bescheid! Was denkst du denn, du Esel? Dass ich abhaue wie ein Lump? Ich habe ganz normal gekündigt und werde auch etwas länger hierbleiben, wenn es nötig ist, um den Neuen anzulernen.«

Marco hat mit den Schultern gezuckt. »Ehrlich, ich weiß nicht recht, ob das der richtige Moment ist, verstehst du? Die arme Francine dreht uns noch durch. Erst lässt Youssef sie sitzen, und jetzt haust du auch noch ab …«

Jojo hat gelacht. »Mach dir mal nicht zu viele Gedanken! Seit gestern Abend geht es Francine wieder viel besser …«

Wir haben ihn nicht gefragt, warum, weil sie genau in dem Moment reingekommen ist, mit einem fröhlichen Gesicht und Youss im Schlepptau, die Arme voller Einkaufstaschen.

»So ist das also …! Sieht so aus, als hätte sich das Liebesleben wieder eingerenkt!«, hat Marco gerufen.

Youssef hat uns zugezwinkert. »Ich lade schnell ab, dann bin ich da.«

»Dein Privatleben geht uns ja nichts an«, hat Julien gemeint und gelacht.

Dann haben wir rumgeblödelt, während wir auf Youssef warteten, und als er aufgetaucht ist, hat Landremont zu ihm gesagt: »Francine scheint dich ja wieder ein bisschen weniger zu hassen.«

Und Youssef: »Wie, sie hasst mich weniger? Sie hasst mich kein bisschen! Warum sollte sie mich hassen, wo ich doch zurückgekommen bin, hat sie dir was gesagt oder wie?«

»Ist ja schon gut!«, hat Landremont gerufen. »Beruhig dich wieder, ich hab nur Spaß gemacht …«

Und ich habe hinzugefügt: »Das war eine Litotes.«

Youssef hat gefragt: »Was für ein Ding?«

»Eine Litotes. Er hat ›schwarz‹ gesagt, um besser ›weiß‹ zu sagen, wenn du so willst. ›Sie hasst dich ein bisschen weniger‹, das bedeutet: Sie liebt dich. Mann, bist du manchmal schwer von Begriff!«

»Ja, genau«, hat Landremont geseufzt. »Eine Litotes.« Und er sah mich dabei bekümmert an, so wie jetzt immer, wenn ich was Intelligentes sage. Es fehlt nicht viel, und er würde mir die Hand an die Stirn legen, um zu schauen, ob ich vielleicht Fieber habe.

Dann hat er hinzugefügt: »Germain, nichts für ungut, aber ich erkenne dich nicht wieder. Ich frage mich, ob du mir vorher nicht lieber warst, denn manchmal machst du mir Angst, verstehst du?«

»Das stimmt, du hast dich verändert«, hat Marco gesagt. »Du trinkst fast nichts mehr, du erzählst keine Witze mehr, du sagst Wörter, die keiner versteht … Am Ende wirst du nur noch mit Annette vögeln, pass bloß auf!«

Ich habe nichts geantwortet.

Es stimmt, dass ich sie vorher zum Lachen brachte. Ich erzählte immer irgendwelche Zoten oder Witze über Belgier, Juden oder Schwarze. Nicht über Italiener, wegen Marco, und auch nicht über Araber, wegen Youssef. Die Freunde sind mir heilig.

Heute habe ich kapiert, dass solche Geschichten eigentlich nicht lustig sind. Aber wenn man besoffen ist, sinkt die Schwelle, da lacht man über jeden Mist. Es wird schnell zur Gewohnheit, ein Blödmann zu sein, wissen Sie? Ich sage das ein bisschen aus Erfahrung.

Zuerst ist es aus Faulheit, und dann bleibt man auf dem Niveau.

Und dann trifft man eines Tages beim Taubenzählen rein zufällig eine noch verfügbare Großmutter und endet bei der Pest, den Jíbaros und diesem armen Monsieur Gary, der immer noch um seine Mutter weint. Und bei diesem Mädchen in Venedig, nur dass es eigentlich mitten im Ozean ist. Ganz zu schweigen vom Wörterbuch, das doch ein fesselndes Ding ist, wenn man bedenkt, wie viel Zeit man verliert, darin was zu finden. Und nach und nach sieht man nichts mehr so wie vorher. Man interessiert sich nicht mehr für die gleichen Dinge. Man vögelt nicht mehr, sondern macht Liebe. Man erträgt seine Mutter. Man geht in Bibliotheken.

Und so weiter.

Da ist es doch klar, dass man auch vom Verhalten her nicht der Gleiche bleibt.

Ich verstehe meine Kumpels und habe da nichts zu kritisieren. Ich kann eben nicht allen gefallen: ihnen und gleichzeitig mir selbst.

Aber eigentlich ist mir das scheißegal.

Dann habe ich eines Morgens meine Mutter gesehen, wie sie im Regen mitten in den Salatköpfen stand und sich mit dem Gartenschlauch unterhielt.

»Du solltest besser reingehen«, habe ich gesagt.

»Und warum?«

»Weil es regnet.«

»Ich weiß schon, worauf du hinauswillst mit deinen miesen Tricks«, hat sie gesagt.

»Okay, wie du willst – es regnet nicht. Es fällt nur Wasser vom Himmel. Schau doch mal, wie deine Pantoffeln aussehen!«

Ich habe sie zurück ins Haus gebracht. Sie wollte nicht und brüllte, ich sollte sie loslassen, ich undankbarer, schmutziger Rotzbengel, und ich sollte mich was schämen, eine arme Frau wie sie so zu misshandeln. Ich habe mir gesagt, eines Tages rufen die Nachbarn noch die Polizei, und dann wird der Katastropheneinsatzplan ausgelöst, mit allem Drum und Dran.

Ich musste sie fast tragen, sie ließ sich hängen, und sie ist nicht gerade ein Leichtgewicht.

In ihrem Zimmer hatte sie ihr schwarzes Kleid auf einem Bügel an den Schrank gehängt.

»Gehst du zu einer Beerdigung?«, habe ich gefragt. »Ist es so weit? Ist der alte Dupuis gestorben?«

»Nein, das Kleid ist für mich. Dafür, wenn ich gehe. Ich

will, dass man mich in dem da begräbt, es ist das ordentlichste.«

»Was ist denn in dich gefahren?«, habe ich gesagt. »Du lebst noch zwanzig Jahre!« Und in meinem Inneren dachte ich: Wenn nicht sogar dreißig, du zähes Luder.

Da sie nicht besonders gut aussah, habe ich ihr einen Kaffee gekocht und sie ins Bett gesteckt.

Und dann bin ich zu Landremont gefahren, damit er mir half, meine Zündung einzustellen.

Am Abend war sie tot.

Es ist bescheuert, aber ich hätte geschworen, dass sie *mich* begraben würde.

Ich habe nicht genau verstanden, woran sie gestorben ist, einem Schlag, glaube ich. Eine schnelle, saubere Sache jedenfalls. Ich habe ihren Tod beim Rathaus gemeldet und mich um alles gekümmert, was zu tun war, Bestattungsinstitut und der ganze Kram.

Bei der Beerdigung waren alle da. Landremont hatte ganz schön einen sitzen, weil Beerdigungen ihn immer an die von seiner armen Corinne erinnern. Aber je besoffener er ist, umso würdiger sieht er aus, und so war er für den Anlass angemessen drauf.

Jojo, Julien und Marco haben mir geholfen, den Sarg zu tragen.

Francine hatte für das Traueressen die Kneipe zur Verfügung gestellt. Wir waren mehr oder weniger unter uns, und so war es gleichzeitig auch die Gelegenheit, Jojos Abschied zu feiern. Annette und Francine hatten Tischschmuck gebastelt, und für die Sitzordnung hatten sie alle Namen auf die übrig gebliebenen Todesanzeigenkärtchen geschrieben.

Von der Familie ist bei uns nicht viel übrig, da war nur

meine Großmutter, die deplatziertes Zeug redete – *siehe: unangebracht, unpassend, fehl am Platz* –, über den Sarg, die Blumen, meine Freunde, das Essen im Restaurant. »Was für ein Jammer, was für ein Jammer! So viel Geld, und wozu das Ganze?«

»Du nervst, Oma.«

»Ach, du bist doch nur ein Rotzbengel! Du schlägst ganz nach deiner Mutter, dieser Schlampe.«

»Ja, Oma.«

»Germain, wer ist denn die dicke Frau, die da in der Küche den jungen Mann abknutscht?«

»Das ist Francine, Oma.«

»Hat sie gesehen, dass er ein Araber ist?«

»Bitte, Oma, halt die Klappe.«

Da es langsam anstrengend wurde, ist Landremont hinter den Tresen gegangen, um ihr einen Cocktail zu mixen. »Probieren Sie das mal, Madame Chazes, das hilft einem, sich nach so einer Aufregung wieder einzukriegen.«

»Wirklich lecker«, hat sie gemeint. »Machen Sie mir noch einen?«

Ich habe zu Landremont gesagt: »Übertreib's nicht, sie ist immerhin achtzig.«

»Keine Sorge! Das ist die Dosierung für Babys.«

Danach haben wir meine Großmutter in Francines Bett schlafen gelegt und hatten etwas Ruhe.

Am Mittwoch hat mich Monsieur Olivier angerufen, der Notar, um mir sein Beileid auszudrücken: »Was für eine Tragödie, Monsieur Chazes, eine so anständige Frau! Und so jung! Und so schnell!«

»Tja, so ist es«, habe ich gesagt. »Wir sind nichts als Staub und Asche.«

»Übrigens, Monsieur Chazes, ich wollte Ihnen vorschlagen, in der Kanzlei vorbeizukommen, damit wir gemeinsam alles regeln, was die Hinterlassenschaft Ihrer Mutter betrifft.«

Und dann hat er mir eröffnet, dass ich das Haus und das Grundstück erben würde.

»Das ist ein Irrtum«, habe ich gesagt. »Meine Mutter ist Mieterin.«

»Nein, nein«, hat er gemeint, »ganz und gar nicht, sie ist seit über zwanzig Jahren Eigentümerin, und Sie sind ihr einziger Erbe.« Er hat hinzugefügt, das wäre nicht alles, sie hätte mir noch etwas anderes hinterlassen. Aber am Telefon, nun ja, aus Gründen der Diskretion …

Er hat wissen wollen, wann ich abkömmlich wäre, um in der Kanzlei vorbeizukommen.

»Ich bin sozusagen auf Urlaub, insofern bin ich jeden Tag abkömmlich.«

Mein Job bei der SOPRAF war seit gut einer Woche zu Ende.

Am Freitagmorgen bin ich zu ihm gegangen und habe erfahren, dass meine Mutter mir zusätzlich zu ihrem Haus – in dem ich nicht wohnen will, schließlich habe ich keine einzige gute Erinnerung daran – einen schönen Batzen Geld hinterlassen hat.

Sie hatte gespart, Groschen für Groschen, für ihren Sohn – das heißt für mich.

Es ist unglaublich. Als ich klein war, behandelte sie mich, als wäre ich ein Hund, der zwischen ihren Füßen spielt. Kaum sagte ich ein lautes Wort, zack, setzte es eine Ohrfeige, schneller, als ein Barhocker einem Polizisten an den Kopf fliegt. Und gleichzeitig legte sie jeden verdammten Tag, den der Herr in Seiner Gnade ihr geschenkt hat, für meine alten Tage Geld beiseite?!

Das soll verstehen, wer will.

Beim Notar war außerdem noch ein großer Umschlag mit meinem Namen drauf. Er enthielt Krimskrams, zwei Babyjäckchen, ein Geburtsarmband mit dem Namen *Germain* und ein Stückchen Plastikschnur, ganz braun und zusammengeschrumpelt.

»Was ist das denn für ein Dreck?«, habe ich gefragt.

Monsieur Olivier hat ein komisches Gesicht gemacht. »Äh … Also, ich meine mich zu erinnern … wohlgemerkt, ich habe sie nicht danach gefragt, aber sie hat es mir von sich aus erklärt … Kurz, ich glaube, es handelt sich um ein Stück Nabelschnur.«

»Was?«

»Nabelschnur. Das ist ein Stück von Ihrer Nabelschnur, scheint mir … Glaube ich.«

In dem Umschlag war auch ein Foto von ihr, als sie ganz jung war, mit einem Kerl mit hellen Augen auf einem Karussell, und hintendrauf hatte sie geschrieben: *Germain Despuis und ich, 14. Juli 1962.*

Das war also mein Erzeuger bei dem denkwürdigen Fest, ein oder zwei Stunden bevor er meine Mutter geschwängert hat. Scheiße, habe ich gedacht, dann hieß er also auch Germain? Letztlich hatte Margueritte also doch nicht falschgelegen …

Bevor ich gegangen bin, wollte ich von Monsieur Olivier noch was wissen: »Sagen Sie, ich habe mich gefragt … Wenn man ein Testament schreibt und einen letzten Willen hat …«

»Äh, ja? Womit kann ich Ihnen da behilflich sein?«

»Die, die das Testament dann öffnen, die müssen doch machen, was man sich gewünscht hat, oder?«

»Nein, nein, ganz und gar nicht. Das liegt vollkommen im persönlichen Ermessen. Wenn der Verstorbene einen Wunsch hinterlässt, der unmöglich zu erfüllen oder einfach gesetzes- oder sittenwidrig ist, dann ist niemand verpflichtet, seinem Desiderat blind nachzukommen.«

»…?«

»Verstehen Sie?«

»Das heißt, man ist nicht gezwungen, ihm seinen letzten Willen zu erfüllen?«, fragte ich.

»Man kann nicht dazu genötigt werden, keinesfalls! Warum diese Frage?«

»Nur so, vergessen Sie's.«

Das passte mir gar nicht, von wegen dem Gefallenendenkmal und Jacques Devallée, der wieder mal recht hatte, wie immer. Aber gleichzeitig ist mir aufgefallen, dass ich meinen Namen schon eine ganze Weile nicht mehr draufschreibe.

Ich glaube, im Grunde ist es mir egal, wenn ich nicht unauslöschlich bleibe.

Der Notar hat mir den Umschlag übergeben und mir zweimal die Hand geschüttelt.

Ich bin mit dem ganzen Kram nach Hause gegangen und habe alles auf den Tisch geworfen.

Als Annette vorbeigekommen ist, hat sie gefragt: »Was ist denn das für Zeug?«

»Erinnerungen von meiner Mutter.«

Sie hat das Foto genommen und sich damit ans Fenster gestellt. »Das ist deine Mutter?«

Ich habe ja gesagt.

»Wie alt war sie da?«

»Wenn man von meinem Alter ausgeht, muss sie achtzehn gewesen sein. Na ja, nicht ganz. Das war an dem Tag, wo mein Vater sie geschwängert hat. Mit mir.«

»Sie war ja eine echte Schönheit, sag mal. Verrückt, das hätte man nie gedacht, wenn man sie in der letzten Zeit so sah ... Und der Mann, das ist also dein Vater?«

»Mh-hm«, habe ich gebrummt.

»Hast du dieses Foto schon mal gesehen?«

»Nee, noch nie.«

»Das muss doch ein komisches Gefühl sein, zu wissen, wie er aussah, oder?«

»Na ja«, habe ich gesagt.

»Er war anscheinend ein ganzes Stück älter als deine Mutter.«

»Ach, so viel auch wieder nicht.«

Er war zwölf Jahre älter als sie, und er hatte sie nach dem Ball am 14. Juli gevögelt.

Annette ist neun Jahre jünger als ich, und ich habe nach dem Ball am 1. Mai zum ersten Mal mit ihr geschlafen.

Vielleicht habe ich von meinem Vater nicht nur die Augen …

Annette hat meinen Kopf in beide Hände genommen und gesagt: »Zeig mal deine Augen.«

»Pff, hör auf …«

»Komm, zeig her! Die hast du von ihm, oder? Doch, doch, schau! Jedenfalls war er auch groß. Aber nicht so charmant wie du.«

»Von wegen!«

»Du bist der Schönste von allen, mein Schatz.«

»Hör doch auf mit dem Blech«, habe ich gesagt und dabei gelacht.

»Du weißt doch, wie du mich zum Schweigen bringen kannst, oder?«, hat sie mit einem Augenzwinkern gefragt, bevor sie anfing, mich zu küssen, wie nur sie es kann.

Es ist verrückt, die Frau fühlt sich an, als hätte sie keine Knochen im Leib. Man kann sie drücken, wie man will, ihr Körper gibt überall nach.

Wie ein Federbett, aber als Frau.

Später hat sie mich gefragt: »Was willst du denn mit diesen ganzen Erinnerungen machen?«

Ich hatte keine Ahnung. Das war noch so eine bescheuerte Idee von meiner Mutter, mir ihre Lumpen zu hinterlassen. Aus lauter Gemeinheit. Ich kenne sie nämlich: Dieses Luder wusste genau, dass es nicht meine Art ist, Nabelschnüre oder Fotos von meinem unbekannten Vater wegzuschmeißen – vor allem, wenn es nur ein einziges gibt.

Annette hat vorgeschlagen: »Weißt du was? Du brauchst alles nur in eine hübsche Schachtel zu legen, und das war's.«

»Und die Schachtel, was mache ich dann mit der? Auf den Fernseher stellen?«

»Du vergräbst sie.«

Da meine natürlichen und rechtmäßigen Erzeuger auch schon beide unter der Erde waren, kam mir ihre Idee nicht blöd vor.

»Oder aber …«, hat Annette dann noch gesagt.

Und an der Stelle hat sie abgebrochen.

»Oder aber was?«

»Du hebst alles für deine Kinder auf … Vor allem das Foto. Es wäre schön für sie, wenn sie wenigstens ein Foto von ihren Großeltern hätten.«

»Es wäre schön, wenn ich Kinder hätte.«

»…«

»Oh …«

Annette hatte einen Blick wie Weihnachten. »Nur wenn du willst, mein Liebster. Wir behalten es, wenn du einverstanden bist. Bist du einverstanden?«

Ich habe gesagt: »Ja, klar!«

Was sollte ich denn machen?

Sie hat sich lachend in meine Arme geworfen.

Sie hat gesagt: »Mein Liebster, mein Liebster!«

Und auch: »Ich bin mir sicher, dass es ein Mädchen ist.«

Und sofort danach: »Wir werden glücklich sein, du wirst sehen.«

Ich glaube, ich sehe es schon.

Am nächsten Morgen habe ich Margueritte die Sache mit meiner Mutter erzählt.

Sie hat ihre Hand auf meine gelegt und gesagt: »Ihre Mama? Oh, Germain, das tut mir leid! Das ist eine schreckliche Neuigkeit.«

»Ach, wissen Sie, meine Mutter und ich …«

Ich habe das nicht weiter ausgeführt, sie hätte es nicht verstanden. Margueritte kommt aus einer Welt, in der die Mütter diese Ader haben. Ich hatte keine Lust, ihr alles zu erklären, Sie wissen schon, die Schreierei, bis die Nachbarn zusammenliefen, die vermurksten Fotoalben, die knallenden Türen und den ganzen Scheiß.

An dem Tag, wo ich ihr lang und breit von meinem Leben erzählt hatte – nach dem Wörterbuch –, da habe ich genau gesehen, dass sie sich für mich grämte. Sie hat selbst schon genug Sorgen, da will ich sie nicht noch mit meinem Kram belämmern.

Wenn man Leute liebt, dann beschützt man sie.

Zwischen meiner Mutter und mir ist alles vorbei, wegen Todesfall. Da gibt es nichts mehr hinzuzufügen, Strich drunter.

Margueritte muss jetzt denken, dass ich unglücklich bin. Das stimmt aber nicht, und ich schäme mich nicht mal dafür. Wie könnte ich ihr erklären, dass sie und ich auf dieser Bank mehr miteinander geredet haben, als ich es mit meiner armen Mutter je getan habe? (Wenn ich »arm« sage, dann aus Respekt, nicht aus Gefühl, glauben Sie mir.) Und dass es mich nicht weiter traurig macht, dass sie abgekratzt ist? Und dass ich nicht mal dankbar dafür bin, dass ich geerbt habe, sondern noch zusätzlich genervt, weil sie anscheinend was für mich empfunden hat, es aber nie fertiggebracht hat, mir das zu sagen?

Man sollte es besser so hinkriegen, dass die Kinder einen zu Lebzeiten lieben, glaube ich. So sehe ich jedenfalls die Dinge. So sehen wir beide sie, Annette und ich.

Ich habe das Thema gewechselt, das war das Beste. Ich habe gefragt: »Würden Sie vielleicht mal zu mir nach Hause zum Essen kommen, an einem Sonntagmittag, wenn ich Sie abhole?«

»Bei Ihnen zu Hause?«

»Na ja, im Wohnwagen. Man kann da zu viert essen, wissen Sie, und so wenig Platz, wie Sie brauchen … Und wenn das Wetter schön ist, stellen wir den Tisch nach draußen … Dann sehen Sie auch meinen Garten.«

Sie hat gelacht. »Oh, warum nicht? Mit dem größten Vergnügen!«

Wir haben das Menü besprochen. Sie bringt den Nachtisch mit.

Ich komme sie am nächsten Sonntag abholen, gegen elf.

Und dann hat sie zu mir gesagt: »Meinerseits würde ich mich sehr freuen, wenn ich Sie ins *Les Peupliers* einladen dürfte, Germain. Ich hoffe, Sie sind einverstanden?«

»Ja, na klar! Aber ich weiß nicht genau, ob ich berechtigt bin.«

»Doch, natürlich: Die Bewohner des Heims dürfen an einem Sonntag im Monat ihre Familie einladen. Ich werde sagen, dass Sie mein Enkel sind.«

Ich habe gedacht, dass wir uns also gegenseitig adoptiert haben, wenn sie das so sagt, und dass sich das gut trifft, von wegen der Gefühle.

»Ihr Enkel, ich? Und Sie meinen, das wird man Ihnen glauben?«

»Oh, mir scheint, wir sehen uns ein bisschen ähnlich, oder? Vor allem die Statur …«

Ich habe gelacht.

»Stimmt, da ist so was wie eine Familienähnlichkeit.«

Zitate aus:

Albert Camus, *Die Pest*, übersetzt von Uli Aumüller, Rowohlt 1997 / rororo 1998

Romain Gary, *Frühes Versprechen*, übersetzt von Giò Waeckerlin Induni, SchirmerGraf 2008

Luis Sepúlveda, *Der Alte, der Liebesromane las,* übersetzt von Gabriele Hoffmann-Ortega Lleras, Hanser 2000 / dtv 2002

Jules Supervielle, »Das Kind vom hohen Meer«, übersetzt von Friedhelm Kemp, in: *Das Kind vom hohen Meer,* Manesse 1980